大展好書 好書大展

大展好書 好書大展

序　言

歐美的政治與笑話有切也切不斷的關係，甚至找不出無法開玩笑的政治新聞。

第一、是因為政治家、政府高級官員等的有權者總是民衆及媒體開玩笑的目標。無謂是恨或愛，都愛把政治家作為笑話的主題。

第二、是政治家本身為拉攏民心，便以開玩笑來攻擊政敵或以此脫離窘境，都是極為有效的手段。

當你在絕妙的時機吐出幾句滿腹機智的回答時，民衆甚至會拍手為你的人格喝采。

下面介紹一個極成功的例子。

英國馬克米蘭首相一九六〇年九月二十九日曾於紐約

的國聯總部發表演說。

他演說至高潮時，蘇聯首相夫爾西裘夫卻脫了鞋，並拿鞋子敲桌子來妨礙他的演說。

馬克米蘭即發揮了英國人引以自豪的傳統國民性，他以泰然自若的態度說道：

「我不得不岔一下話……能不能把我的話翻成俄文呢？」

留於後世的笑話傑作當中的政治家以林肯、邱吉爾、甘迺迪最有名，這些人仍深受民衆的愛戴。

政治笑話多與當時的政治狀況有關連。若聽笑話的人熟悉當時的政治狀況及笑話中的人物，則笑料將更能增加好幾倍的效果，相反地，若對於其中的背景毫不知情，則完全抹煞了它的趣味性。

而產生笑料的噱頭是可以永遠存在的·，像把以前有名的笑話重新包裝，也能套在類似的政治狀況中。

像林肯就是最好的例子；雖然本人已經過世，而他說過的笑話卻不斷在增加。現在我們聽到的有關林肯的笑話，其實真正只有三分之一左右是林肯自己說的，也有人說是五分之一。也就像是可羅的畫一般；可羅是名法國畫家，據說一生共畫了二千幅作品，而其中有三千幅存在美國，且美國那三千幅作品大致上都視為真品。

此外有人說政治幽默就如同罪與性，並非全是新鮮的。今日的政治家所講出來的笑話可能在古埃及的宮殿、古希臘市場及古羅馬元老院上就有人講過了。

某位政治家曾說：「笑話雖是以前的傑作，但我所需要的不是新的笑話，而是新的聽眾。」

目錄

第一章　女性與政治

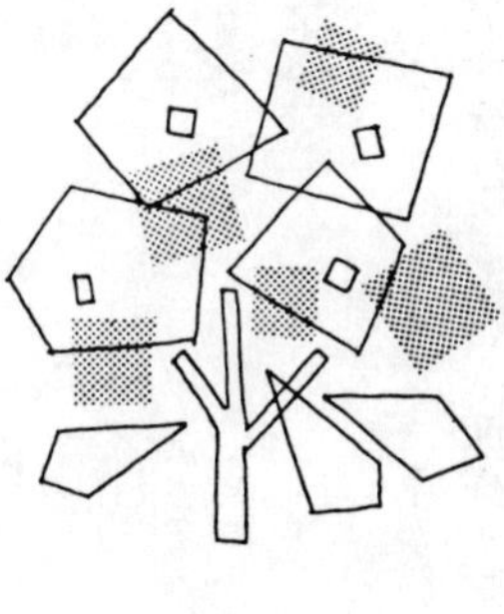

處女與男人

在倫敦一位政治家家中所舉行的宴會上，一位被邀請來參加的婦人，向出席的開發中國家擔當大臣提出如下的問題。

「大臣，所謂處女諸島到底位於何處呢？」

「這個嘛！」大臣猶豫了一下即回答：「應該說是離男人島很遠的地方吧！」

天生的政治家

一位國會議員和妻子共枕時，妻子發牢騷地說：

「和你聊天總是聊些政治話題，偶爾你也說些別的嘛！」

「說些別的？你想聽些什麼呢？」國會議員對妻子說。

「說些有關於性的事啊！」妻子如此回答。

「你在想什麼啊？」國會議員說。「你想知道雷根總統是否還跟南茜作愛嗎？」

一個願望

一位民主黨議員因許久沒有正常地過夫妻生活，於是興致勃勃地鑽入被窩裡。當他想開始與她溫存時，妻子卻向他埋怨國家的經濟狀態有多惡劣。

她說：「吃的、穿的、學費、美容院的費用都漲價了。若其中有一樣能降價的話就太好了。」

議員竟以昏睡的聲音說：「你的願望現在就會實現了。」

改變心意

州議會議員麥當勞解除了與他秘書——美貌又聰明的桃樂思的婚約，使得他們雙方的朋友為之震驚。

有位支持他倆結連理的友人向麥當勞打聽「到底發生什麼事了呢？」

麥當勞說：「你會想和一個有機會就撒謊、利己主義、又懶又愛諷刺人、愛表現自己的人結婚嗎？」

「當然是免談了。」友人回答。

「是吧！」麥當勞說：「她和你們一樣都持相同的看法。」

賢慧的新娘

新郎說：「我們已結為夫婦了，今後兩人必須同心協力來解決問題。現在就我們的角色分配上，你希望當總統還是副總統呢？」

新娘回答：「我都不想當，全由你來兼任吧！我覺得自己比較適合當財政部長！」

決定權

市議員的選舉日期即將來臨。

有人問鮑伯：「你太太會把票投給誰呢？」

「我所投的候選人啊！」鮑伯回答。

「那麼你會投誰呢？」

「哦，我太太還沒決定。」

緊身衣

國會議員喚新任的女秘書進來，他說：「妳來這裡已經兩個月了，妳的表現也越來越好，這點我不得不承認。」

「但就算這樣，離脫掉這身緊身衣的時機還太早了吧！」

黑白問題

這是國會在審核強制黑人與白人入同一所學校時所發生的笑料。北方出身的差別撤廢派議員屢次看見南部出身的議員對美麗的黑人職員送秋波。

「這該怎麼說呢？我想你就是堅決反對差別撤廢一案了。」

「當然反對。」南部議員說：「我雖不希望和那女孩同校，但很樂意和她上床。」

更多的忍受

美國的駐英大使參加了每年在倫敦舉行的巡禮晚餐會。他被邀請為美國首次於五月花號所建立的移民建國王柱腳石——新教徒移民團（新教徒之祖）而乾杯。大使便自向那些能忍受馬薩諸塞嚴冬及印地安人的襲擊、不畏飢餓的清教徒們致敬。

「你們新教徒都清一色是男性，何不考慮讓女性加入呢？女性也和男性一樣能忍受苦難，甚至更勝於男性呢！」他說：「是啊，她們還必須忍受這群無為的苦新教徒們。」

色情電影

針對色情電影進行調查的加州老議員受舊金山婦女會之邀前往演講。議員當場嚴厲地批評加州色情電影的氾濫問題。他說：「像我們調查委員昨天所看的電影，內容是強姦、男女同性戀、強暴未成年少女等，描寫的都是些變態的性行為。准許這種影片公開放映，真是令身為加州議員的我感到遺憾。」

最後他詢問聽衆是否有問題要發問。

「這部電影在哪裡上映呢？」她們異口同聲地問。

共和黨魂

身為共和黨支部長的桃樂思前往紐約的黨本部，卻帶著淒慘的樣子歸來，她的衣服被撕裂，臉上也青一塊紫一塊的。

支部的共和黨員見狀便問：「桃樂思，到底怎麽回事？」

「我今天經過時報廣場時，民主黨正舉行集會。」桃樂思說：「突然有兩個流氓把我拖入巷內打算對我施暴。我雖沈默地抵抗，但終究敵不過兩個男人而被強暴了。」

「沈默？你幹嘛不大叫呢？」黨員問她。

「你真是的，我一叫不就是在對民主黨請求聲援嗎？」

紀念

一位亮麗的金髮美女來到共和黨上院議員哈蓋契的辦公室，她對議員秘書宣稱是因私事前來的。

當她被允許進入上院議員辦公事後，美女面對議員，顯得很不好意思地說：「哈蓋契議員，其實我有一事相求，我的祖母曾告訴我以前她曾去拜訪丹尼爾•威普斯特議員，並要求他和她接吻，祖母總是把這件事講給子孫聽，並覺得自傲。如今我就是為此而前來華盛頓的。我希望以後也能像祖母一樣說給孫子們聽，可請你吻我嗎？」

於是上院議員臉紅心跳地實現了金髮美女的願望。在一陣熱吻之後，兩人立刻褪去身上的衣服，陷於愛的漩渦中。

突然門被打開，一名持照相機的男子拍下了這畫面並說：「哈蓋契議員，你的樣子真不錯，這大概價值一萬元美金吧！」

上院議員想想就算抵抗也是沒用，就乖乖地從金庫取出現金。金髮美女離開前對議員說：「哈蓋契先生，對這件事我感到很抱歉。」

「算了！」哈蓋契上院議員如是說：「只是，我想請問妳，丹尼爾•威普斯特付了多少錢呢？」

第二章　選舉的技巧

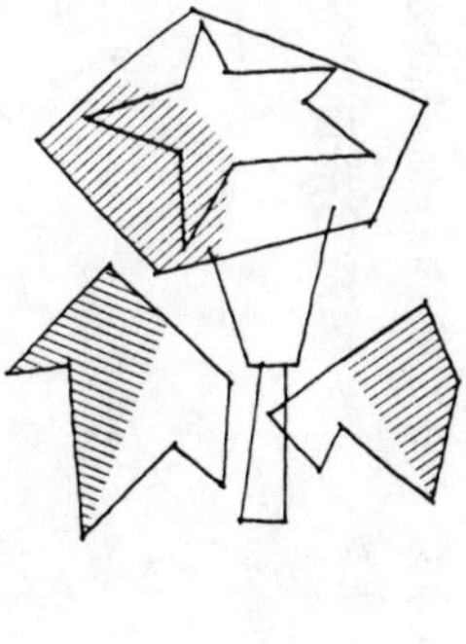

忠告

老練的下院議員辛普森對將參選議員的候選人道出了選舉活動的心得。

「你的敵人會針對你散佈謠言，報紙則會設法揭發你在大學畢業時欠洋服店的賬、或十年前所犯的錯。倘若你無視於這些危險信號繼續前進的話，一定會走上違反法律的道路。還有，若助選員中有金髮美女，也能使敵人大肆造謠。你則會為這些訛傳而憤慨、否認。敵人不得不以散佈謠言來逼得你走頭無路，所以等會趕緊悄悄地去付清欠洋服店的賬，馬上把金髮美女開除吧。」

謠言與事實

深夜裡，事務長打了通長途電話給正在為選舉東奔西走的候選人。

「喂！鮑伯。」事務長說：「鄉間的候選人都說自從選舉公告以來，每晚睡在你身旁的女人都不一樣。」

「喂！比爾！你半夜打電話來就為了說這件事嗎？我現在可沒在做這種事！怎

麼捕風捉影的事像山一樣高，我現在正在全力要澄清所有的謠言，根本沒工夫搭理其他的事啊！」

沒這回事

下院議員里德、大使查特、上院議員威斯特克特三人在晚餐會時閒聊著，查特裝模作樣地說：

「各位，我在這二十八年之中從沒跟我太太以外的女人睡過，也沒賭錢、打牌，甚至沒去過賽馬場呢！」

「真是太了不起了！」上院議員威斯特克特贊嘆地說道：「若我也能這麼說的話多好。」

「為什麼不能這麼說呢？」里德平靜地詢問他。「因為這是查特說過的話啊！」

實在話

這是選民之間的對話。

「議員卡利斯塔昨天說了句實在話。」

「真的。」

「他說與他對峙的議員卡森是個吹牛大王。」

進步

美利堅合衆國確實比以前進步了。怎麼說呢?美國開國總統喬治・華盛頓沒說過謊，而現在任誰都能輕輕鬆鬆地撒謊了。

謙讓的美德

政治家原本是很謙虛的。他們十分瞭解正直是最高境界，但卻因為沒理由拿走最好的，所以只有謙虛。

政治欄

華盛頓正遭雷雨襲擊，威利被劇烈的雷聲嚇醒，害怕地跑到雙親的臥室。

小孩叫著「爸爸」他搖醒身為共和黨國會議員的父親。「為什麼雷會叫呢？」
「這個嘛——」父親說著。「若有人說謊觸怒老天就會打雷了。」
「但是現在三更半的，大家不都在睡覺嗎？」
「是啊，威利。」父親說。
「但現在正是印刷『華盛頓郵報』最旺的時候呢！」

政治家的常識

牧師正在解說神蹟。
「神會創造奇蹟、懲治惡行。」牧師說：「今天早上報紙刊載著一名政治家在說謊時被雷打死，此即是神蹟。」
「是這樣嗎？」聽衆之中有人問道：「如果這個政治家因撒謊而遭雷劈這或許是奇蹟……」

說謊大王

某位詼諧家曾正經地說：

「所謂政治，就是在高爾夫球方面對美國造謊。」

政治家與現金

一乞丐向議員乞討了十分錢。

「現在十分錢能買到什麼？」議員說：「二十五分錢的硬幣不是更好嗎？」

「不，十分錢就可以了。」乞丐回答。「現今社會上不可靠的政治家太多了，若手上現金過多就沒好日子過了。」

如何與政治家交往

無論東方或西方政治家，基本上他們就等於是撒謊專家，而在美國更稱他們為盜賊。因此選民必須要有如下的心理準備。

「與政治家握手並不是壞事，但在握完手後，一定要馬上數一數手指頭的數目。」

用心

一位候選員巡遊於俄亥俄州鄉間，他一一拜訪農家們請求賜票。

當經過某農家牛舍旁時，他看見一位年輕的姑娘在擠著牛乳，於是候選員便入內與她交談。突然屋內傳來聲音說：「瑪麗亞，妳在跟誰說話啊？」

「是個男人啦！」瑪麗亞回答。

「什麼樣的男人？」

「是個政治家啦，媽！」

「瑪麗亞，趕緊給我回屋裡來！」母親突然如此叫著。「連牛也一起牽進來喲！」

政黨的分類

一位名叫馬可比提的平民將殺好的豬切成兩半，吊於貯藏庫中。

結果隔天清晨，馬可比提發現夜裡有小偷進來將一半豬肉偷走了。他便向隔壁鄰居這樣說：

「不知哪個共產黨徒竟偷走了我半隻豬。」

「你怎麼知道那傢伙是共產黨呢？」鄰人問。

「這是不用說的啊！」馬可比提道：「若是民主黨的話，一定會整隻偷走的！」

機會

候選員的競選活動中，一位候選員在發表政見時認真地說：「我活到現在還沒偷過東西呢！怎麼樣，給個機會吧……」

擔心

議會的民主黨幹部們為了反對總統的新法案，便聚集在華盛頓一家高級餐廳進行討論。當他們吃完飯準備開始開會時，突然發覺服務生在門口張望。

「你在那兒做什麼，還不敢快出去！」有位議員便大聲斥責。「再不就去找你們經理來了！」

「就是經理命令我站在這裡的。」服務生急忙說：「他說如果銀器少了的話要我負責。」

公務繁忙

在美國，自用車的車牌是在監獄製造的。前總統尼克森在訪問中國時，原想帶輔佐官們同行，結果不得不取消此念頭。原因是他們都忙著製造車牌。

特赦

一位囚犯的妻子前來與之會面。囚犯等不急地問妻子：「知事的特赦到底怎麼樣了？」

「進行得很順利呢？」妻子說：「知事說下週就可以保釋了。」

謠言的真相

此為美國南部小村莊的一則新聞。

「傳說市議員頓茲巴克為逃獄犯的傳聞，今天由其政黨公開地否決了此謠言。而政府發言人則說頓茲巴克的刑期已服滿了。」

感受

有兩個男人同搭乘一列長程火車。

「我今天早上才剛從監獄出來呢！」其中一位說：「回家後見到以前那些朋友一定很不好受！」

「我很能瞭解你的心情，」對方附和地說。「我才剛開完國會，正要回故鄉呢。」

舊識

候選員熱切地招呼每位聚集於公衆集會廳的人們，希望能巧遇多年前的舊識。

他拍拍某個男人的肩膀對他說道：

「我一定在哪裡見過你吧！」

「很有可能哦！」那男的回答。「因為我幹監獄的守衛已經三十年了。」

政治家與信用

根據最近的調查，有九成政治家是喝牛奶長大的而非母奶。

這顯示了他們甚至不信任自己的母親。

我黨的敗類

選舉委員會正為了該提名誰為候選員而爭議。於是一名議員向這裡走來了，他向同黨的共和黨員不知詢問了什麼問題。

結果對方回答：「這並不是問題呀！」

「只是，被提名的這兩位據說是共和黨的敗類呢！」

「是嗎？」議員說道：「兩個都是共和黨的敗類？那我推薦這位先生。」

留下好人

南卡洛萊納州一個偏僻的鄉間正在舉行鎮長的選舉。候選人有兩位，其中一位有著誠實的人格，另一位則是出了名的壞蛋。

南茜告訴朋友她將投票給壞蛋，使得朋友為之震驚。

「可是南茜，妳也知道那個人很壞的！」朋友說道。「與他對峙的候選員可是個很正派的人哦！妳幹嘛投票給只會信口開河的人呢？」

「原因就在這裡了，」南茜對友人說。「如果正派的人物成為鎮長是很好，可是你想若他不幹了的時候呢，是不是也會變成壞蛋，這樣的話，我們不是不該選正派的人呢？」

認識是地獄，不認識亦是地獄

強納森與凱莉聊著最近選舉的話題。

「我都不想投票給誰，」強納森如是說。「候選員之中沒有一個我認識的！」

「我也跟你有同樣的想法，我誰都不想投。」凱莉說道。「因為候選人我全認識。」

不要有偏見

一位政治系的女學生在前往某政治集會的途中對友人說道：「我明天打算拋開一切偏見敞開心胸，冷靜地聽那個政治家無聊的演說。」

現職

現職國會議員為了再次參選，便巡迴於選舉區進行活動。一日議員覺得喉嚨乾渴難受，便進入咖啡店內，他坐在啜著咖啡的老婦人隔壁。議員沈默不語，喝完蘇打水後即起身至櫃台，他拿了張五美元的鈔票給店員並說：

「連那位婦人的一起算。」

老婦人便看著議員並問他說：

「你為什麽連我的一起付呢？」

「哦！」議員親切地微笑說道：「馬上就要選舉了，希望您能惠賜我一票。」

「我一定投給你。」老婦人如是說。「現在的這些議員盡是些沒用的廢物呢！」

前車之鑑

在一處偏僻的城鎮召開了黨的分會。

「那麼贊成這個提案的人請說YES。」議長說著。「都說贊成了，那動議就通過了。」

會議結束後，有位人士向議長說：「議長，你並沒有調查反對的人數啊！」

「調查反對的人數？」議長說道：「上次我調查時已經得過教訓了。」

共和黨的城鎮

麥克說道：「這個城鎮總是共和黨獲勝，你知道吧！」

「是啊，怎麼了。」彼特問道。

「昨天有小偷闖進市長室，那傢伙找到了呢！」麥克解釋道：「寫著明年選舉結果的文件。」

不正當選舉

「喂！」亞特說道：「這次的選舉完全是騙人的。」

「為什麼呢？」

「就在我去投票時發現的。」亞特說明道：「我親眼目睹吉姆與羅伊有違規投票的行為。」

「那是幾點發生的事？」友人詢問。

「四點半。」亞特回答。「不會錯的啦，那時我正好要去投第三次。」

金　權

「你們選區的選舉進行得如何呢？」吉姆問道。

「很慘呢！」支持改革派的麥克感慨地說道：「那個專門搞政治的伊卡薩馬要把我們改革派整跨了呢！我們以一美元買一張票，他竟出兩美元買一張票。這種卑劣的做法對我們選區的改革派真是厲害的一擊呢！」

狂歡

美國選舉的傳統之一在於較量演說的技巧。如何攻擊對方、閃躲別人的惡意誹謗、中傷，都是成為領導者所要經歷的階段。而選民至今仍很期待政治家舉辦的那種三流的應酬戰。

大男人的內在

阿拉巴馬州的政治家真是美國一大趣聞。某次此地有兩位候選人展開了激烈的選舉戰。一位是身高二公尺、體重超過一百公斤的高大男子，另一位則是身高一百六十七公分，體重只有五十公斤看起來很寒酸的小男人。

首先大男人在一個聚集了許多聽衆的政見會上演說。

「我們選區所需要的，」他說道：「是高大的人，要越高大越好。」

輪到小男人時，他說：

「剛剛我的競爭對手似乎很喜歡強調身材的大小，如果將他身體中的酒及牛皮抽出來的話，那麼他應該穿得下我的褲子了。」

頭腦的位置

原為上院議員，後來成為副總統的阿雷克山大・H・史特賓茲，他身材矮小，體重亦不超過五十公斤。

有一次西部出身槐梧的議員狂妄地叫罵他說。

「是這樣嗎？」史特賓茲回他說：「我卻認為你那優秀的頭腦可能長在你的啤酒肚裡呢！」

大而無腦

現任市長正在發表政見的途中，一位反對派的男子挺身而出，滔滔不絕地大談論調，內容卻無關市政改革。

當那男子坐下後，市長毫不厭煩地說：

「我很感謝你能為此花費了這麼多心思，」市長說著望向那男子。「誰說大而無腦是傻瓜呢？」

上帝得救了

某位衆議院議員說：「今天的我完全是靠自己的力量塑造出來的。」

「哦，是嗎？」另一位衆議院議員聽他這麼一說，於是答道：「這麼說是不該怪罪於上帝了。」

去問獸醫

這是發生在上議院的事。印地安那州參選的議員在俄亥俄州議員的政見發表會中，指稱他為「驢子」故意妨礙他的演說。結果他被判傷害了上議院。

於是印地安那州議員解釋道：

「我很遺憾在那麼神聖的議場說出那麼不合適的話，但那議長，是因為我一向尊敬的俄亥俄州議員，竟發了狂地胡亂主張！」

「你說什麼，我哪裡發了狂！」俄亥俄州議員在一旁斥罵道。

「大概只有獸醫才知道你哪裡發狂吧！」印第安那州的議員以此話回他。結果這段對話竟被記錄在議事錄中。

霧笛

某位衆議院參議員針對自己的政敵批評道：

「每次看到那男人就會想到霧笛，就是在海上碰到霧來襲便會發出聲音的東西。」他說道：「各位知道為什麼嗎？那男人只會在議會上指責問題、大吵大鬧，從不會努力解決過問題，一次都沒有，只會在那兒叫。」

驢穿衣

在競選活動達到高潮時，平常總是不注重穿著的候選員，在政見發表會上變得體面起來了。

一位候選員被他的政敵稱讚其服裝極為豪華後說道：

「當我目睹一位如此穿著的政敵時，突然感受到驢羡狆這故事。驢非常羡慕能躺在妻子的懷裡被疼愛，於是自己也希望能這樣。驢便至河邊將全身洗淨使毛閃閃發亮，然後回到家中。他首先舔著妻子的手，將她的前腳置於自己的膝上，然後要求妻子抱他並吻他，但驢的願望卻落了個空。其妻一聽他如此要求後的反應是開始尖叫。屋主聽見母驢悲慘的叫聲，便從裡面跑出來痛打驢並將牠趕出去。我就是從這故事得到教訓的。」

在候選員喘氣的當兒，仍目不轉睛地望著他並說：「如果你是驢的話，要努力使自己成為驢以外的東西也是徒勞無功的。」

用法的不同

為了贏得勝利，候選員會不惜運用各種手段，無論造謠或誹謗，只要對贏得選票有幫助的話都會做。他們捨去運動家精神，滿口只會說狗屁。以前的選舉也是如此，有能力化解那些無憑無據的惡意中傷才可成為政治家。無此能力者只有打敗戰了。

某年，肯德基州的州長選舉上，由草根運動家鮑伯•雷查對抗富裕的農場主人。農場主人不僅擁有大筆財富，他更是極少能畫水墨畫的美國人之一。

選戰進行到一半時，農場主人贈送偏僻村鎮的百姓們親筆揮毫的作品以愉悅他們，此時農場主人占上風，而雷查則陷於苦戰之中。

某日，雷查注意到農場主人用左手握筆這件事，於是在鄉間演說時，雷查特別誇讚與他對峙的候選人是個很有才能的人。

「各位，」他對眼前聚集的群衆說道：「注意到了沒，他都用左手畫畫，而有錢人或盛裝婦人都是用右手畫畫的，令我們震驚的是他們在用法上的不同。其實用左手就很厲害了，我只是希望高貴的百姓們能弄清楚這點不同而已。」

他如此地演說，原本窮途末路的局勢，竟反敗為勝了。

政治家的條件

任職馬薩裘榭茲州州長的布拉多福特，列舉了身為政治家的條件，他說：

「政治家在有生之年必須要有如犀牛的皮、象的記憶力、輓馬的體力、雜種狗的不怕生、扁嘴鬬犬的忍耐力、海龜的長壽、駝鳥的胃袋、獅子的勇力、羚羊的速度、聖伯納狗的親切、烏鴉的幽默。」

「還有，」他說道：「有了這些還不夠，遇到有關原則、原理的問題時，非得具有老驢般的頑固才行。」

新人類VS舊人類

牛糞是一句接近髒話的俗語，有罵人蠢、騙子之意。

一位老練的下院議員接受一位年輕野心家的挑戰。此年輕人是被稱之為「上等人」的新人類，他鮮明的臉龐有著吸引人的輪廓。其選舉參謀所使出的戰術是頻頻要他上電視亮相，螢幕中有一景是他與妻子挽著手在綠油油的牧場上仰望藍天的樣子；背景中有一隻小牛在吃草。這影片主要是讓觀衆印象中把這年輕政治家當作戶外型人物，明顯地畫分其與舊人類候選員的不同，略帶有挑戰的意圖。而他的計畫似乎也獲得了成功。

但老練的議員在看著此政敵漸被民意接受時，也有了反擊的行動。老議員將他極單純的想法發表如下。

「或許我沒有像我那年輕的對立候選員那麽聰明，但至少當我走在牧場上時，通常我注意到的不會是頭頂的藍天，而是地上的牛糞。」

出生的地方

在阿肯薩州的選舉中，有位候選員針對某位競爭者做了以下的批評：「他假裝是個貧戶，其實是富家出身呢！」

而被侮蔑的候選人被問到這一點時，毫不慌張地回答說：「的確，我並非像林肯那樣是在貧困的小屋中長大的，而在雙親富裕之後，我們才馬上搬進小屋中的。」

他的狗

州長候選人針對檢查官出身的競爭對手說：

「他說他在任職檢查官時，曾致力於獨占禁止法，努力想阻止大企業的横行，每當我聽到這話，我就會想起他以前帶著狗去露營的事。在黃昏時升起了火做飯，當我們吃飯時，他就放狗給狠追。但這狗可機靈著呢！牠很清楚多快的速度不會被狠追到。」

認識自己

當共和黨的鷹派及受矚目的帕立•高爾瓦特上院議員表明要參選總統的意願後，全美國的媒體竟都競相評論高爾瓦特是危險人物；媒體向全國國民呼籲著，若高爾瓦特成了總統後，必將捲入更激烈的越戰，派遣地上部隊支援，不斷地提醒人民他所具有的「瘋狂」。

而高爾瓦特對於媒體如此地大肆宣傳則表示：

「若我高爾瓦特連自己都不認識自己的話，那我也不會投票給這麼沒出息、沒用的人。」

寬容

肯德基州參選下議員的班•哈迪對其競爭者來說是個極為厲害的角色。

在某場激烈的選戰之中，競爭者在大衆面前針對班下了評論，他說：「你也承認你針對我所說的話全是撒謊的吧！」

班・哈迪立即反擊說：

「我對你已經相當寬宏大量了，所以才故意說謊，你想想看，若我說出了事實你又打算怎麼做呢？」

額外收入

以前議員中，曾經有位候選人坦白地說出了自己想成為議員真正的想法。德克薩斯州議會中，此位候選人舉出了兩點他想成為市議員的理由。

「首先第一點是，」他說道。「我希望有一天十美元的津貼，我到目前為止還沒這樣賺過。第二是能免費坐在觀衆席上觀賞德克薩斯州議員——這所謂世界最大的馬戲團。」

其他的候選員聽了立刻加以反擊。一位對立者叫嚷著：「各位，我很驚訝這次選舉的候選人中有人是因為這樣的理由出來參選的，我並不奢望議員的津貼一天是十美元、八美元或四美元，我出來競選的理由只是希望有機會為同胞們服務。」

對於以上的話，原先那位候選員卻毫不畏懼地回答：

「我在聽這位候選人講話時，突然想起了我故鄉中一位少年的事來。此少年曾申請到銀行就職，結果老闆因已無缺額的理由回絕了他。於是少年回答說：『沒關係，我只是想在銀行上班一定會有很多額外收入呢！』」

名演說

世界史上最短、最具效果的競選演說，是距今二千多年前雅典的一位候選者所擁有的記錄。其競爭者是位雄辯高手，他正伸展喉嚨滔滔不絕地暢談一條條的政見。而這位不善言語的候選者一起身，僅僅以一句：

「雅典的人們啊，我將實現剛剛我的對立候選員所講的每一條承諾。」

竟壓倒性地擊敗對方，以多數贏得了選戰。

預備

中西部一位老手下議員在演說完後，與選民交換著意見。

「更多的人應該來參與政治才是。」議員如此說。後面馬上傳來一句話接著說：「我可不願意，政治界搞欺詐的人太多了。」

而議員巧妙地回答可把對方駁倒了，他說：

「但怎麼說，它無論何時都有讓人加入的餘地呢！」

證據

這是我被邀請參加在華盛頓舉行的雞尾酒會上，突然聽到的對話。

「哈蓋契議員，我聽了許多有關你的傳聞呢！」

「但是，夫人。」議員說著。「你沒有證據吧？可否提出任何一個證據來呢？」

狗身上的跳蚤

共和黨的英格索是以口出惡言聞名的政治家。

某次，他把愛爾蘭系的政治家詹姆斯・布吉南批評得一文不值，當有任何新聞對布吉南有利時，從他口中卻都成了布吉南死了的新聞。

一位愛爾蘭系的聽衆聞此即挺身大喊「你在撒謊！」而英格索卻連看都不看他一眼，只是用手指著聲音傳來的方向說：「這位聽衆，」他毫不客氣地說：「我不想和你爭論，我今天來此的目的是為了殺一位叫布吉南的民主黨走狗，可沒時間去理會爬在牠身上的跳蚤。」

厚臉皮

某次在政見發表會上，突然從聽衆席上傳來極驚人的抗議聲說著：「你這個只會說謊的豬！」

而候選人仍沈穩地向聽衆說：「各位，請別理會這位先生所說的話。」「很抱歉，他就是有自言自語的習慣。」

豬

農務省的長官某次至各農村巡迴演說。在他演說途中，突然有位聽衆大叫說：「請問長官，豬的腳有幾根趾頭呢？」

農務長官聽了後從容不迫地回答他：「想知道的話，你可以馬上脫掉鞋子數看看。」

戰爭的慘痛

當某位候選人站上講台正準備開始發表政見時，突然天外飛來一顆成熟的番茄正面打中了候選人的臉。

候選者一怒之下拭去臉上的番茄渣。

「各位，接下來的三十分鐘我想針對戰爭帶來的慘痛結果做說明。」他說：「所以，如果願意繼續待在此地的人，可得考慮剛剛那個毆打技巧很好的傢伙。」

黨派性情

以前在選舉日當天都會發生口角爭執。

某次選舉時竟引發了一場接近是暴動的大動亂，最後便動員警力以平息互相毆打的群衆；之後，負責指揮警員的警備長官便前往詢問因動亂被毆打成傷的市政府職員。

「暴動究竟是怎麼造成的呢？」

「長官，是因為這樣，」職員說道。「事情是共和黨那個沒用的傢伙回揍我一拳而開始的。」

果實

擲泥比賽到達高潮，選戰陷入了候選人互擲糞的情勢。前往聆聽演說的百姓不由得向鄰座的人道出自己的感想。

「像這樣到處散播肥料的話，今年一定會有大豐收的。」百姓說道：「只可惜是不會長出果實來。」

優點

駝鳥一被敵人追趕時，就會將頭鑽入砂中，將屁股朝向敵人。

在總統候選人中，也具有類似駝鳥這種習性的人。亦即他會將頭埋入砂中，將屁股朝向人們，這是為了將他的優點呈現給人之故。

保守派

一位南方出身的保守派議員大肆攻擊性教育的問題。

「我身為十二歲小孩子的父親，可不希望自己的孩子在學校聽到猥褻的話。」他說道。「打從鸛鳥將我的孩子帶來這世上起，我就從沒改變過這樣的信念。」

庶民派

在某個鄉村城鎮中，正舉行著一年一度的公職選舉戰。某位候選人一再地推銷自己是個率直、樸素的平民。

地區的代表們為了一睹他的真面目及瞭解他的主張，便親自前往他的住宅拜訪。據說他每次都會手持乾草來迎接代表，接著他便說因為現在很忙，希望能勞駕代表至貯藏室談話，以便他能邊整理乾草邊聽他說話。

於是便領代表進入貯藏室去。但室內卻不見乾草的影子。

「哈拉姆，」候選人詢問僕人說：「乾草呢？」

「抱歉！主人。」僕人回答。「昨天其他地區的代表來時，你整理好後仍放在原處，我想大概是你沒時間歸位。」

宗教問題

這是個激烈的州長選舉戰。我方候選員勢必取得天主教及新教兩教徒的選票才行，結果候選人想出了一可行的方法，他在天主教徒面前說道：

「我年輕時，每個禮拜日都會前往離家二十公里的北方，找我信天主教的祖父祖母帶我去作彌撒。作完彌撒後，我再前往信新教的祖父母家裡，跟他們到位於南方的教會去。」

果然在這一番話後，我方候選人順利地當選了。

一位朋友則向這位正任職州長的他說道：

「我怎不知道你祖父母是天主教徒呢？」

「非說那傻話不可啊！」州長答道。「我年輕的時候可沒轎車坐哦！」

去向

一位由地方選出來的高知名度國會議員才接受報紙採訪時，記者問他：

「你是否認為自己給輿論帶來了影響？」

「不，我不這麼認為。」議員立即否定了此論調。「所謂輿論就像是我以前擁有的情人一般，自己總想控制對方的行動，所以就得非常小心地注意他會往那裡行動，最後你想脫離關係時卻只能跟著他屁股走。」

公約

選舉戰漸呈白熱化後，各候選人都不得不使出全力應戰。

某位德克薩斯州的州長候選人為了與其強勁的對手一較實力，竟發表他若不遵守諾言願死這樣恐怖的演說。他在某次演說中承諾：

「各位，我將確實履行如下所說的約定——把握所有的機會，拿我的政治生涯做賭注，我決心使德克薩斯州成為美利堅合衆國最大的一州。」

達到目的

「上院議員，」一位支持者說道。「有關你昨天的演說，選民們還是不能理解對於那個問題你到底支持那一方？」

「那太好了！」上院議員答道。「我花了八個小時才打好那篇演說稿，果真是有代價了。」

即興

新聞記者為了拿市長的演說稿而來到市長辦公室。市長身旁的隨從便對他說：「抱歉，演說稿不用交給你了。」

「為什麼呢？」新聞記者一聽便驚訝問道：「是不是不希望上報呢？」

「不，不是因為這樣。」隨從拭著汗水辯解道：「你現在正和幫市長寫演說稿的人說話，所以我的話中搞不好就是市長今天靈機一動突然說出來的話。」

有內涵的表現

國會議員的秘書某次向永不停止演說的議員提出疑問，他說：「像你這樣常常演說，自己不會感到厭倦嗎？而且你每次都得為下次的演說傷腦筋呢！」

「這個嘛！」國會議員答道。「這就是我的作風，大概因為你不具有高尚的思想，才無法有如此的表現吧！」

天　性

「從你還是個嬰兒時，我就一直認為你將來必定是個政治家呢！」

喬治老爹攔住了剛被選為市議員的龍恩對他說道。

「老爹，為什麼你會這麼認為呢？」龍恩詢問道。

「這個嘛！」老爹回答。「因為你從小就愛講話講個沒完，而且都沒什麼內容。」

政治才能

所謂有能力的政治家，是指在接受質詢時，能完全忘掉對方詢問的問題而給予回答的人。

率直

「州長，我想問你一個很簡單的問題。」一名記者針對傳聞詢問著政治家說道：「你是否真的打算出馬競選總統呢？」

於是州長笑容可鞠地微笑答道：

「我也簡單地回答你吧！無可奉告。」

妙答1

一位饒舌的候選員追述往事，他說：

「今天早上我在刮鬍子時，一直在思考著這次演說的事，結果竟不小心刮傷了臉。」

「那麼下次你多想想你的臉，不就會壞了演說。」突然聽衆中傳來如此的妙答。

妙答2

司儀正一一介紹著候選人。

「傑利・布蘭恩是這次選舉中卓越的政治家，我們應該多注意他的一舉手一投足……」

「是嗎，那麼早、晚都要了……」聽眾中傳來了妙答。

不用學就會

共和黨下院議員針對民主黨候選人說：

「我實在是不想這樣說，」共和黨候選人說道。「可是民主黨候選人真可說是不折不扣只會盜人錢財、大口喝酒、玩女人的浪蕩子。」

「這樣不是很好嗎？」一名聽眾叫喊著：「這麼一來不但省得訓練，又可節省許多時間了。」

繼續中

某位政治家說道他無法瞭解為什麼自己是個惹人討厭的男人，他並指稱自己做過惹人生厭的事，這一生也只不過就一件而已。

對方聽他這麼說，便詢問政治家。

「這唯一的一件事何時會終了呢？」

餐後

國會議員被邀前往晚宴，餐後並招待享用咖啡。身為主席的市長突然靠向國會議員身邊悄悄說道：

「給大家來點娛樂吧！能不能就請你現在上去演說了呢？」

不醒來多好

在一家報社中，由一位極具魅力的女記者負責撰寫有關政治家的報導。與她搭配的攝影師好幾次都要求與她約會，可是每次都碰釘子。

某天，兩人前去拍攝共和黨米•托爾候選人的新聞。結果那候選人的演說不但毫無內容又極乏味。

在回去的路上，女記者便向攝影師說道：

「你可以好好地自傲一番了，竟和我一起睡過覺呢？」

選擇

某位預備候選人利用了一小時多的時間，內容竟在強調自己多適合成為議員候選人；在演說終於結束時，他詢問聽衆是否有任何問題。

「有的，」某位聽衆忍不住問他：「請問還有沒有其他的候選人呢？」

走不了

一名市議員候選人在碼頭邊熱情地演說著，但他的演說毫無內容，僅僅是大聲地在那兒叫嚷而已。結果聽衆一個接一個地走開了。不知何時，竟全都走光了。

最後一位聽衆要離開會場時卻發現最後一排還坐著一個人。

「喂！這麼無聊的演說，你還要聽下去嗎？」

「沒辦法啊！」那名男子說道：「因為我的演說就接在他後面。」

第二

黨員大會中，最後發表演說的州長起身說：

「各位，我想說的都已經被說完了，這就是身為最後發表者的壞處。」

「不會吧！什麼都第一個也不好，像美國開國總統喬治・華盛頓不也和寡婦結了婚嗎！」有人插嘴說。

緊張

這是發生在華盛頓某一飯店的事。一位婦人在角落上看到一高知名度的議員邊專心沈思邊走了出來。

「議員先生，請問您來此的目的是——」

「哦，這位太太，是為了明天會議的演說。」

「你在演說前經常都這麼緊張嗎？」

「緊張？」議員說道。「誰在緊張啊？我是絕對不會緊張的。」

「那你在女生廁所做什麼呢？」婦人回問他。

光明與火

墮胎合法化的法案引起了選民一陣大騷動。一開始表明贊成態度的議員麥克突然中途改變態度，轉為反對派。

帶頭展開反對運動的尼姑便對麥克的轉變說了些祝福的話。

「你終於睜開眼睛，邁向光明。」

「不，眼睛本來就睜開了。」麥克說道。「根據這期間的輿論調查，是屁股著火了。」

正直的人

正值選戰的最高潮時，一名候選人接受記者的訪問。

「若當選後，首先你有什麼打算呢？」記者問道。

「當選後要做些什麼並不是我目前所擔心的事，」候選人回答。「我現在最怕的就是若沒當選的話該做什麼呢？」

落選的打擊

以幽默聞名的州長落選了。翌日，原州長會見記者時精神奕奕地說道：「這次選舉落選了，我不得不承認受了打擊。」

「原本以為自己受得住，昨夜結果公布後，我回公寓就呼呼大睡了。今天早晨也吃了一頓豐盛的早餐。九點時我跟太太道別後出了門，走到電梯門口，我內心十分平靜，按了電梯按扭後，我看了看自己照映在門上的身影，覺得自己的表情仍和往常一樣並沒改變，上衣及領帶也都穿載得很整齊，鞋子也閃閃發亮。」

接著原州長停住話望著記者團。

「然後怎麼了？」一名記者詢問道。

原州長便說：「我又轉回家去，因為我忘了穿褲子。」

第三章　我們選出來的人

必　要

為選舉戰收集報導題材的新聞記者，被求針對候選人的演說發表感想。

「我的結論是，」記者答道：「演說的長短比他們身為參議員對於國家的需要遠超出了許多。」

有權者的知識水準

贏得選戰的議員們聚集在華盛頓的某家餐廳共進早餐。其中一人說道：

「日本政治家有些說我們美國人知識水準太低，把我們當傻瓜看。他們懂什麽啊！在美國，不識字的不准投票，但選舉當選的卻有無法投票的……」

由天而降

一名華盛頓的老官僚就任為地方縣長。

新縣長一來，立刻成為縣公所年輕職員討論的主角。

「這次就任的這個縣長一定是輪迴轉世出生的。」

「為什麼？」

「你想想看嘛，這世上要有像他那樣的傻瓜可是不容易的事呢！」

內地延長

芝加哥的市議員前往紐約視察。紐約市公所的職員便領著議員前往曼哈頓中央公園的湖畔。議員見了這小得可以的湖，忍不住地說：

「在芝加哥有密西根那樣大的湖呢！」

市公所的職員接著問道：

「那是屬於芝加哥市所有嗎？」

「哦，不是的，」議員回答。「是加拿大那邊所有。」

「而這中央公園的湖完全為紐約市所有，」職員說道。「而且只要站在邊緣就可見到大西洋，對岸就是英國了。」

活埋

地方議會正在為新墓地要設於何處而爭執著。

「把墓地建在高速公路旁，真是對死者的冒瀆，」一位老參議員傑克如此咆哮地說。「就算我死了也不想被埋葬在那種地方！」

「你真是個不明事理的老傢伙呢！」贊成派的迪威斯議員叫道：「若能做到生命保障的話，我倒希望馬上被埋在那裡。」

奇妙的場所

「議會真是個奇怪的地方，」俄國名演員兼戲劇指導波利斯・瑪夏羅夫在訪問美國時前往國會旁聽。他說：「男士們起來發表意見，但毫無內容可言，而且也沒人願意聽。結果最後大家還都表示反對。」

若不是政府的話

「各位，難道你不想提起勇氣來面對現實嗎?的確，我們有必要有個老婆。在你思考之前，請想想看你做不成的事是不是大部分都因為政府的緣故呢？」

議　員

南非議員針對是否允許黑人自行管理土地而召開公聽會。許多地方部族的黑人代表都前來參加。

「希望務必獲准我的族人有權利自行經營自己的土地。」一位黑人代表如此說。

「我反對，」白人議員抗議道。「理由是一般黑人都欠缺自己管理土地的能力。」

「議員先生，」黑人回問：「你是說連我也沒有這種能力囉！」

「我是說一般的黑人，」議員答道。「你並非一般的呀！身為代表一定是頭腦最好的吧！」

「沒這回事，」黑人說著。「我們黑人也和白人一樣，最聰明的人是不會想當議員的。」

幽默的話1

「議會就要開始了，我並不擔心成為笑料的題材。」

幽默的話2

「不是我在製造笑料，我只是在觀察議會後根據事實報導而已。」

最高的名望

三位政治家正在議論著，在華盛頓真正有名望的人會是怎樣。

「就是你參加宴會時，突然總統來電要聽你的意見。」

「不！」另一人說道：「所謂有名望，是被招待到總統府和總統單獨交換意見。」

「我想不是這樣，」第三位政治家說道：「應該是在總統府與總統一對一交談時突然電話響起，結果總統接電話後對你說『這是你的電話』，然後將話筒傳給你，這才算有名望呢！」

政治家與資本家

這是美國文學家G・K・契斯坦頓所說的話。

「讓政治家來監視資本家這種想法，我認為從這兩者都是同類的人來判斷，將會面臨極度的困難。以前成為資本家是成為政治家的唯一道路那種時代已經過去了，而慢慢地，成為資本家，也就是有錢人的途徑是成為政治家的時代已來臨。」

禿　鷹

倒掉的銀行依次又再成立，曾擔任美國銀行協會會長，精明能幹的白宮財務部長某日帶領從紐約前來的銀行家們前往總統辦公室後，他小聲地說：

「總統，他們是前來磋商向政府重新借款的財務問題。這些銀行家們希望能申請購買國債，我能保證他們絕對具有愛國心及忠誠心，因為聖經上說『有財富者擁有一顆關懷的心』。」

總統也小聲地說：「聖經其他章節也有這樣說呢，財務部長，依我看來那句話跟你說的一樣具有說服力，就是那句『有屍體的地方就有排列成群的禿鷹』。」

取而代之

人格高潔極受人們喜愛的總統秘書長突然去世。立刻有許多自薦或他人推薦的候選人前來遊說。在葬禮未舉行之前，其中一位候選人就急著想要從總統那兒得到滿意的答覆，他問總統：「總統，你是否願意由我來代替秘書長呢？還是反對？」

「不，我並不反對，」總統答道：「你可以試著去和葬儀社談談看。」

學費

受歡迎的喜劇演員在某綜藝節目中模倣以不正當手段參選的金權政治家。喜劇演員扳起面孔，裝出下流的聲音說：「我希望能與選民們共同分享生命的喜悅。」

節目之後，喜劇演員與真正的政治家夫人相遇在同一個宴會上，而夫人竟驕傲地對他說，她能比他模倣得更像。

「的確，夫人。」喜劇演員回她說：「當然，或許你會模倣得比我來得真實，但你得想想，為了模倣，我得學著去把自己當成你呢！」

副州長

有名的幽默家、電影演員及新聞記者威爾・羅傑斯被邀在加州舉行的某會場上談話。

原本應該由州長來介紹他，但碰巧州長生病，結果改由副州長來介紹。副州長原想以幽默的方式來介紹這位滿腹機智的人物，結果竟弄巧成拙，他說：

「威爾・羅傑斯在加州是出了名的戲劇性人物，但他也和大家一樣，與其聽我講話，寧願同鄰座的婦人耳語。」

羅傑斯非常厭煩像這樣的幽默方式，他便起身說道：

「各位，我希望能先讓我說幾句話，我承認剛剛同鄰座婦人私語是很沒禮貌的行為，在此感到抱歉。

而我如此沒禮貌的舉動，是因為我在向鄰座婦人詢問一些問題，內容是這樣的

我：現在在講話的是誰？

婦人：是誰，這位是副州長啊！

我：哦，副州長是嗎？那麼請問他擔任哪方面的事呢？

婦人：這個嘛，他倒是什麼也沒做。你想知道什麼呢？

我：沒什麼啦，那至少他早上會起床吧！

婦人：當然囉，他每天一起床，第一件事一定會詢問今天州長有沒有生病。」

大張旗鼓

這是前國防部長受中西部某城市之邀前往演講時所發生的事。

市長原計劃將由警車領著車隊遊行來迎接部長，結果因前國防部長搭乘的飛機早到了一小時多，時間上無法配合。

這天晚宴上，市長鄭重地向他道歉說：

「我們原先計劃了車隊遊行，結果迎接場面變得那麼冷清，實在非常抱歉。」

「但是，」他接著說：「在您要離開時，我們決定大張旗鼓地歡迎您到飛機場。」

錯誤的報導

地方報紙上刊載了當地某政治家的死訊，結果得知其為錯誤的報導。政治家一怒之下向報社抗議，於是報社允諾隔天登報道歉啟事並澄清此報導。

翌日報上刊載著「各位讀者，實在非常遺憾，昨日所刊登有關政治家羅諾德・海曼先生去逝之事為錯誤的報導。」

市議會

某小市鎮的市議會議員因病住院，在他收到的一張由市議會代表們給他的「慰問」卡片上寫著：

「有關是否要送卡片給你的提案，經過投票的結果以六比五通過表決。」

松鼠

某日，州長從官署宿舍前經過，他看見一位母親帶著小孩，手上還拿了台相機，他便說道：

「要不要讓我跟您的小孩拍一張啊？」

母親答道：「對不起，只剩一張底片而已，我想用來拍松鼠呢！」

更不如

某政治家僅僅聽到人家拿他和賣中古車的銷售員比較，就大大地感到悲傷，又聽到中古車的銷售員為此事抱不平時，更是心痛如絞。

名言

有名的喜劇演員威爾・羅傑斯說：

「我喜歡狗，狗連一句政治理由都不會說。」

「離華盛頓ＤＣ越遠我對國家的信賴感就越高。」

魔窟

從受草根民衆愛戴的下院議員躍升為副總統的瓊恩•甘納說：

「在華盛頓，倘若能在樹上築巢而居的話，很多人都願意這樣做，但我就不這麼認為。每次有公事要前往華盛頓，我就會算準時間盡可能搭不會遲到又最晚到的火車去，事一辦完，我就趕緊搭最早的火車離開。」

戒指

在美國俗語中，「吻我的屁股的人」是指那些奉承諂媚的人。尤其是有權者更是喜歡被吻屁股。在雷根上任總統職位不久時，一名輔佐官從總統辦公室出來後說道：

「我真希望雷根不是總統，是個羅馬法王的話會比較好。」

「為什麼呢？」聽衆之一反問他。

「若他是法王的話，我只是吻他的戒指就可以了啊！」輔佐官如此回答。

吻屁股

某政治家的嫡親任職於市公所，是個粗野的義大利人。無論在任何場合，他總是令人討厭、急於迴避的人，因為他具有嚴重的口臭。

市公所的課長在忍無可忍的情況下，便對此義大利人說：

「巴利阿契，我說這些話並不想傷到你，實在是大家都無法和你一起工作，因為你的口臭太嚴重了。」

「是嗎，課長。」巴利阿契回答道。「你們真是不明事理，要是你們都像我一樣試著去吻那些政治家的屁股，看看嘴巴會不會和我一樣臭！」

宿痾疾病的宮殿

只要進了白宮官僚會議室的人無不得此傳染病的。這是一種腦部疾病，特徵是嚴重的語言障礙，即是會使人忘記「不」這個字。

「嗨！我將參選2010年的總統選舉，請多多指教。」

休假

這是發生在春天午後的事。有位男子正在華盛頓的波特馬克河划著船，他邊搖著槳邊大喊：「不，不，不。」

一位目睹這情景的觀光客便向巡邏的警官報告這事。

結果警官聽了便說道：「那不要緊的。」

「為什麼，那個人是誰啊？」觀光客好奇地問道。

「那位是白宮的侍從（Yes-man），」警官向他說明。「今天他休假呢！」

本來的實力

某日本首相極酷愛打高爾夫球。在退休後被記者問及現在和以前是否有什麼不同時，他答道：

「有啊，現在高爾夫球打贏我的人變多了呢！」

第四章　美國總統

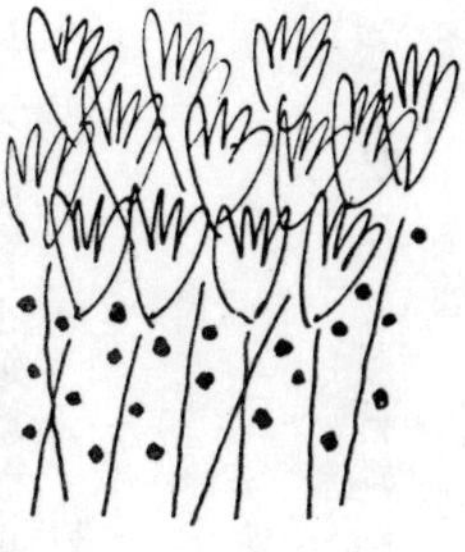

還知道該吐出來

這是發生在甘迺迪剛入政壇後，參加競選活動時的事。他在西北部某城市發表演說，主持人介紹他出場時，喋喋不休地說了些奉承諂媚的話。與會人士在經過這樣印象不好的介紹之後，非常懷疑這位年輕的甘迺迪。

「主持人這樣親切的介紹，讓我回憶起一件往事，」甘迺迪開始說道。「有一次我出席某個高級晚宴，我看見一位男士用叉子盛了許多剛上桌的炒洋芋，結果送進嘴裡時，因為太燙就吐出來。那男士便對疑惑的客人、女主人從容不迫地說道：『若是傻瓜的話就當場吞下去』。」

時機

甘迺迪首次競選總統時，與其對峙的共和黨候選人是曾經在艾森豪就任總統時擔任副總統一職的老練政治家尼克森。

當時甘迺迪年四十三歲，但看起來卻像僅有三十三歲，共和黨便以經驗不足為攻擊甘迺迪的戰略。甘迺迪也為此感到傷腦筋，但卻在一次於明尼波利市發表演說時，粉碎了共和黨對他的批評。

「這一週最令人矚目的新聞，」甘迺迪說：「既不是聯合國的消息，亦不是有關總統選戰的消息；而是發生在我的故鄉——波士頓的消息，即有名的棒球選手泰德·威利亞茲決定在四十二歲退休，這是不是顯示他在經驗方面就不夠充足了呢？」

經驗

在與共和黨總統候選人尼克森相較之下，被批判經驗不足的甘迺迪說道：「我認識一位在銀行幹了三十年總經理的朋友，在他的銀行倒閉時，就經驗來說，他比馬薩裘茲州的任何一家銀行的總經理都來得豐富；但是若我要開銀行的話，可不打算雇用這位仁兄。」

古代史

民主黨最喜歡批評共和黨的戰略之一是稱共和黨為保守反動派。在民主黨喬治

•甘迺迪與共和黨的尼克森競選總統時，甘迺迪曾在對大學生演說時發表了以下的談話。

「我並不打算抱怨各位學習古代史，但請求各位只要不投票給那傢伙就行了。」

人物評論

政治家是無情的。當他們在攻擊敵人時總是把高尙的人格丢在一邊。就連名門出身的喬治•甘迺迪，在與尼克森競爭總統時，他便如此批評。

「尼克森是個才華洋溢的人，但他整個人完全腐爛了。他就像是在月光下腐蝕的青花魚般，他會發光，但卻也散發著令人窒息的臭味。」

秘訣

甘迺迪是以雄辯聞名的總統。

某次他演說完回到後臺時，碰見一位地方上的政治家，很誠懇地請教他演說的秘訣，地方政治家問道：

「通常你要上台演說之前的那一刻都做些什麼呢?是翻閱一下記錄許多名言的筆記?還是背誦名詩句呢?抑或思考著你所敬佩的一些以前的政治家呢?」

「我通常都不做這類的事，」甘迺迪回答。「我要上台之前會確認好褲子的拉鏈有沒有關。」

別晃動繩子

年輕的甘迺迪成為總統後，對於政治界老前輩及財界的大人物們競相地給他要求、指示非常地厭煩。

某次一位經濟界的代表前來會見甘迺迪，即喋喋不休地說個沒完，甘迺迪說：「各位，請想想看若你們把財產換成黃金，委託有名的樂曲家布朗狄渡過尼加拉瓜瀑布時，你們是否會搖晃尼加拉瓜瀑布上的繩子向布朗狄叫道：『危險啊！再彎一點——不快前進不行啊！身體再向北方傾一些，再向南邊一點』等，不會吧！你們一定只是屏住氣，雙手握拳在那兒期待布朗狄能平安到達對岸吧！

現在政府正背負著許多有形無形的重物，我們手中正握著語言所無法說盡的寶物，我們會盡量竭盡所能，但希望各位別催促，請靜靜地守候著，這樣我們才能將各位安全地送到對岸啊！」

財政貸款

民主黨強森總統執行紙幣福利政策後，共和黨總統候選人便說：

「我們現在最要緊的事，首先就是將聯邦政府的預算緊縮至適當的範圍……也就是說，我們非得把強森的信用卡搶過來才行啊！」

知名度

繼甘迺迪之後就任總統的強森，他的妻子與甘迺迪夫人賈克琳不同，她雖然豔麗，卻不是吸引人的女性。

在丈夫死後，她愈來愈厭煩在大衆面前露臉，於是過著隱居的生活。朋友們眼見她漸漸蒼老，便推薦她去歐洲散散心。

「可是，」她以不領情的口吻說道。「若別人都認出我是前總統夫人，到哪裡都會引起騷動的，都這把年紀了還得如此煩心。」

「別擔心啦！」友人安慰地說。「我們前往的地方都是些恬靜的鄉村，誰會知道美國總統是誰啊？而且你和做總統夫人時的樣子改變了不少，所以你根本不必在乎這個，安心地去旅行吧！」

就這樣照原計劃展開了歐洲之旅，她們一行人到達義大利某個偏僻的村莊時，竟被通知已有人幫她們訂好飯店了，使她們覺得有不祥的預感。

來到那家飯店時，飯店負責人非常有禮貌地出來迎接，他誠懇地說了些表示歡迎的話。

「能在此歡迎偉大的美國總統夫人，內心感到十分榮幸。希望您務必能為本飯店簽名留念，林肯夫人。」

你就是那個人

尼克森當律師時，有一次被一位素未謀面的人叫住。

「對不起，」那男的說道。「我手上有你的東西。」

「怎麽回事呢？」他嚇了一跳。那名陌生男子便從口袋中取出一把摺刀。

「就是這把刀子，」那男的說道。「這是好幾年以前的事了，我的長輩在把這刀子交給我時，交待在找到比林肯更醜的男人時交給他，從那時起我就一直保留著它，希望你能原諒我所說的話啊，先生！只有你具有這個條件。」

並不醜

尼克森不像其外表看起來那樣不愛小孩子，而能跟孩子們很快地打成一片，是個稱職的孩子王。

一位小女孩聽人說總統長得很醜，便要求父親帶她去白宮拜訪總統。

那時尼克森總統一見到小女孩，即立刻將她抱在膝蓋上與她盡情暢談。結果小女孩突然向她父親大叫：

「爸爸！總統一點也不醜，而且非常帥呢！」

擔心的理由

這是尼克森當律師時說的話。

某次對方的律師以陪審團之一為尼克森的友人為由，要求審判長請此人迴避，結果此項提議被駁回。

後來尼克森檢查了一下陪審團名單，發現其中兩、三位是對方辯護律師的朋友，便指摘了此事。

「尼克森先生，」審判長嚴厲地說。「你是在浪費時間，僅僅為了某個陪審團員認識對方的辯護律師，就認為他沒資格當陪審員。」

「不是這樣的，審判長。」尼克森淡淡地答道。「問題在於這些紳士之中還有不認識他的，我擔心這樣會對我不利。」

復活

前總統尼克森以曾數度奇蹟地重生而聞名。調查水門事件的檢查官在聽了尼克森的錄音談話後，發現了他和親近的哈爾迪曼有一段如下的對話。

「鮑伯，我似乎逃不過死亡的劫數。」尼克森對哈爾迪曼說道。「我希望你能替我找塊適當的墓地。」

兩週後，哈爾迪曼向他報告：

「總統，我找到適合你的地方了！在一座景觀良好的山丘上。那裡整天都有陽光，就宛如打了聚光燈那樣迷人呢！」

「聽起來好像不錯，」尼克森說道。「那得花多少錢呢？」

「五十萬美元。」

「什麼？五十萬美元！」尼克森驚叫道。「我只要待在那裡三天而已呢！」

過錯

新聞記者向尼克森總統詢問在他任職總統時所犯的過錯。

「其中有兩件，」尼克森喃喃說道。「正由最高法庭審判中。」

尼克森回憶錄

「尼克森要找出版他回憶錄的出版社好像蠻困難的。」

一位對華盛頓的新聞很瞭解的男士說道：

「自從他在水門事件撒謊受苦之後，現在他將事實毫無隱瞞地寫出來，當然其中也有現任幾位政治家的名言。真可惜，特地要將實情公諸於世，但出版商在看過草稿後全都拒絕出版。」

任何人

尼克森下台後，由副總統傑利•福特接任總統職。福特可說是個二流政治家，使得華盛頓籠罩著一片嘲笑他的聲浪。某位民主黨國會議員經常在演說時，總是以如下的話做開場白，他說：

「各位，在我小時候經常會問大人，任何人都可以當總統嗎？現在我相信這答案是肯定的了。」

理所當然

在某早餐會上，雷根批評前總統福特。

「他有著極度謙虛的態度。——這也是理所當然的。」

思考方式

「我喜歡福特總統。」

「真的啊，但可惜的是那個人不動嘴巴就無法思考。」

智慧與年齡

只有傑利‧福特可以證明智慧不是同年齡一起增長的。

少年時代

此為吉米‧卡特總統少年時代的趣事。某日他父親問吉米少年說：「是誰砍倒花生樹的啊？」

「爸爸，我不會說謊。」少年答道。「可能是我砍倒的，也可能不是我。」

開豆儀式

卡特就任總統後大力地改變了許多傳統作風，例如，在棒球季開幕典禮上，他不同往常的總統般在開球儀式時擲球，而是先打開裝花生的袋子。

世界第一

在制定總統咨文的委員會上，兩位議員激動地互罵了起來。

「你是世界第一白癡。」其中一位大罵道。

「沒人像你這麼偏見，跟不上時代，你白癡都不如。」對方也毫不遜色地回罵。

當時的議長正是無論什麼事非親自處理不舒坦的卡特總統自己。他猛敲著木槌。

「安靜！你們怎麼說也安靜一下，」卡特說道。「我想你們可能興奮得幾乎忘了我還在這裡了吧！」

強迫回憶

吉米・卡特寫了一本回憶錄。那男的仍舊沒弄清楚，在美國人努力想將他遺忘的時候，竟還強迫人去回憶。

失業與復甦

雷根在與現代的卡特總統競選時說道：

「各位，所謂蕭條是指你失業了；所謂不景氣是指你隔壁的人失業了；而經濟復甦則是指卡特失業了。」

各有各的主張

尼克森、福特、卡特三大前總統曾偕伴一起搭火車旅行。在火車開進隧道後突然停了下來，尼克森立即前去賄賂列車長，要他馬上讓火車前進。

福特在知道實情後原諒了尼克森的行賄。

但列車仍未開動，卡特卻拉下百葉窗說道：

「依我來看火車是在前進啊！」

一個人睡

這是發生在雷根剛當選加州州長時的事。報紙當時都對右翼的雷根懷抱敵意，每次記者會總是在極不熱烈的情況下進行。

某日，雷根州長便向記者們說道：

「在新州長當選之後，大家不是都會對剛上任的州長極為親切嗎？聽說在剛上任這幾個月被稱為州長的蜜月，但像我這種沒記者願意理睬，總得一個人獨自就寢的州長，也會有蜜月期嗎？」

效果

在雷根還是加州州長時，某次他帶朋友前往一家有名的餐廳，結果因店裡太混亂，他們只好在酒吧等候空位。

等了三十分、四十分後，雷根州長開始顯得不耐煩了。

「真沒想到會這樣，」他對友人說道。「我若告訴老闆我是誰的話可能會有效吧！」

有人接著回答：「我不想這麼說，但事實上你在十五分以前已經告訴他們了。」

總統的知識

雷根總統與格瑞那達島的領導人晤談結束返回華盛頓的途中，曾搭直升機飛過佛羅里達地帶的上空，當時雷根往下眺望，發現在一艘汽艇上有名白人，在尾端則以繩子拖著一名黑人。

他即命令飛行員把直升機降落到汽艇附近，雷根隨即以擴音機對白人說：

「你們是在和黑人玩滑水吧！很高興在佛羅里達沒有種族偏見呢！」

當直升機飛走後，兩位白人互看了一眼。

「那傢伙大概是美國總統吧，連捕鱷魚這玩意兒都沒聽過。」

責任

羅那多、雷根在成為加州州長時，好萊塢電影界等知名的製作便說道：

「會發生這種事都應由我們負責，若多給他些戲演的話就好了。」

演員

雷根總統在白宮的私人密室中飼養著在演藝時代與他配合過的黑猩猩，這是只有總統身旁的人才知道的秘密。

總統休假時前往位於聖芭芭拉的私人農場都會帶著黑猩猩作伴，但因猩猩感冒只好將牠留在華盛頓。

沒想到到了夜晚，黑猩猩竟悄悄地掙脫欄檻侵入總統辦公室去嬉戲。牠開始玩弄著接在電腦上的終端機。

「總統決斷。失業津貼也被視為不勞而獲的收入而得課稅；車椅也須付使用稅。廢除未婚媽媽免納稅一案……。」

總統的親信在聖芭芭拉的螢幕上看到這些後即嚇得兩腿發軟，便火速連絡白宮的警衛。警衛費了好大的工夫終於將黑猩猩帶回欄檻裡。

事後親信及輔佐官都提議將黑猩猩贈與退休演員老人之家。

總統很堅定地拒絕了這項建議。

「牠是我最好的朋友呢！」雷根說道：「若你以前曾當過演員，就不會只有這想法了。」

總統的興趣

艾蜜麗•狄克生位於阿姆哈斯特的娘家，現在已成了懷念這個傑出女流詩人的寺院，裡面的遺物都被很謹慎地保管著。

雷根總統與其親信一行人偶然經過阿姆哈斯特時，順道前往狄克生紀念館參觀。

在向總統表示歡迎之意後，館長便領著總統到每一處去參觀，並允許他觸摸一般民衆禁止觸摸、且不公開的遺物。最後他被領到艾蜜麗•狄克生最常在那寫詩的小閣樓，那位於紀念館後院，是個很隱密的地方。

館長彎著身體拿鑰匙將箱子打開，取出當中自筆手稿來，這些全都是艾蜜麗至高的傑作。館長將手稿拿給總統過目，總統即說道：

「是一頁一頁寫成的啊？我平常都是用口述的呢！」

馬屁

一位東部來的推銷員在西部鄉村的一家小旅館過夜。當他在酒吧喝下幾杯酒之後，興致一來竟批評起雷根總統來了。

「這算什麼嘛！」他叫道。「雷根總統根本是馬屁！」

一位身高二公尺的牛仔聽了後，即走向他說道：

「喂！你這邊在吵架大拍賣啊！」

「真是抱歉，」推銷員突然酒醒了，即道歉說道。「我不知道這裡的人都很喜歡雷根。」

「可不是這樣，」牛仔回他說：「我們喜歡的是馬。」

名字的由來

林肯輔佐官曾針對雷根總統發表談話，他指出同樣是愛爾蘭系的名字，卻會因階級的不同而有不同的發音。

「像醫生、律師就唸成林肯；而勞工、農民經常都發音成『雷根』。」

英雄

人們都稱羅那多•雷根是個老人。哪裡的話，他是在戰爭中立下功績的英雄──在南北戰爭時。

古人

雷根是個有份量的老年人。他擁有的信用卡是在以石器製成的年代就有的。

證　據

當賣武器給伊朗的貸款交給尼加拉瓜反政府游擊隊一事真相大白時，各方都懷疑雷根總統是否事先就知道此事了。

民衆分為兩派意見，稱總統、國務院、國防部、軍事局、CIA都沒人知道實情，如此地將一千二百萬美元的武器賣給反美的伊朗，擅自將這筆貸款贈與游擊隊這類的事絕對是不應該的，以這派的看法較占優勢。另一派則指稱總統一定知道此事的內幕。

但雷根再三再四地加以否定，指出自己並不知道，民衆也傾向他不知情的立場。若雷根原本知情的話，他就是在扯謊，但問題是大家都認為雷根絕對不會是個說謊高手。

皺紋與肚臍

雷根總統因常做去除臉部皺紋的手術，檢查盲腸的醫師便告訴他，只要鬆弛頸部的皮膚就可以了。結果一拉緊腹部的皮膚，肚臍的位置竟跑到頸部上了。

天作之合

這是最近在華盛頓常會聽到的笑話。

「我們應該感謝上帝使雷根總統與南茜夫人結合，若他們各自找到別的對象的話，必定會變成四個人痛苦的慘劇，而他們的結合，受傷的只有兩個人而已。」

和地獄的距離

在伊朗醜聞正火熱時，修爾茲國務卿向一位議員朋友說道：

「真令人擔心，好像傷到總統了。」

「到底是怎麽回事呢？」友人詢問道。

「這個嘛！」修爾茲說道。「剛剛總統還在這兒呢！你也知道，這次總統要我這個國務卿秘密從事伊朗工作，我事先就大大地表示反對意見了，但今天我仍然向他提出辭呈。」

「那總統怎麼說呢？」

「他以焦急的口吻說：『若我棄你這國務卿於不顧，別人會怎麼說呢，請站在我的立場多替我想想啊！再說這次的醜聞可原是因你而起的，若你堅定立場反對到底的話，就能順利完成武器交易，也不會引起這麼大的騷動了。真是托你的福，依現在這種情況來看，我離地獄恐怕不到一公里的距離了。』」

「那你又怎麼回答他呢？」友人催促修爾茲告訴他。

「我就若無其事地說囉！」修爾茲答道。「離不到一公里的地方就有地獄了嗎？那不正好是從白宮到暴露了水門事件的華盛頓驛館之間的距離嗎？」

九十五%

某位紐約共和黨議員說道：「在雷根總統立場正確時，我一定支持他，但有九十五%的情況我都是保持沈默的。」

出人頭地的路

老師打著調度的威利斥責他說：「威利，你就不能再用功一點嗎?」老師說著。「若多唸點書，你也會成為偉人的，搞不好當上美國總統呢！」

「我才不管成績如何呢！」威利回答。「我只想去好萊塢當一名差勁的演員。」

某位美國人的告白

我小時候總是被教育長大後要成為總統。尼克森、福特、卡特、雷根……終於，我相信我也能成為總統的事實了。

第五章　美國自由嗎？

政府的職責

總統說過：

「拉斯維加斯是個令人著迷的地方。撇開政府不談，只有這裡大家才能盡情地揮霍。當然其中有很大的不同，在拉斯維加斯大家都是自己揮霍自己的錢財，而政府則是為了全民這麼做的。」

新的定義

雷根總統所發表的經濟政策被稱之為里根經濟，分為了贊成及反對兩派。某位議員說道：「相信里根經濟的人是樂觀主義者，能理解里根經濟的人是悲觀主義者。」

另一位議員說道：「雷根政府指出要節省無謂的社會保障。這主旨是很多，但問題在於它的內容。難道吃飯也算是無謂的浪費嗎？」

避孕

某視察故鄉的議員針對海外援助一事向大家說明著。

「我國明年度將贈送印度相當於三百萬美元的避孕用品。」

「請問，」一位聽衆舉手問：「印度妻子不會使些手段嗎？像假裝睡著了！」

人口分之一

某位社會主義者拜訪一位大富豪，向他抗議獨占巨大的財富是不公平的，應該公平分配財產才對。

富豪打斷了這位仁兄喋喋不休的話，轉向詢問秘書他的財產總額，同時翻閱桌上的年鑑查看世界人口總數。

然後在經過統計之後不久，他即命令秘書說：

「給這位仁兄十六分錢，這是他能從我的財產中得到的部分。」

纖細

怡安飼養著一隻牡丹鳥，一天他打電話給獸醫求診。

「我養的鳥突然一個禮拜就沒大便，請幫牠看一下。」

不久，獸醫來了之後即望了望鳥籠。

「你在鳥籠底下，」獸醫說道。「一直都舖著美國地圖嗎？」

「不，不是的。」怡安答道。「因上禮拜剛好沒舊報紙才舖地圖的。」

「就是這個原因啊！牠老不大便。」獸醫說道。「你知道嗎？牡丹鳥是鳥類中最敏感、最纖細的一種。因為這地圖上的美國已經佈滿鳥糞了，牠覺得已經沒有空間可以排泄只好忍耐了。」

勇者之國

「在美國離婚的人太多了，」某位男士說道。「這就是美國稱之為自由國土的證據嗎！」

「現在是測試。若實際發生解雇時……」

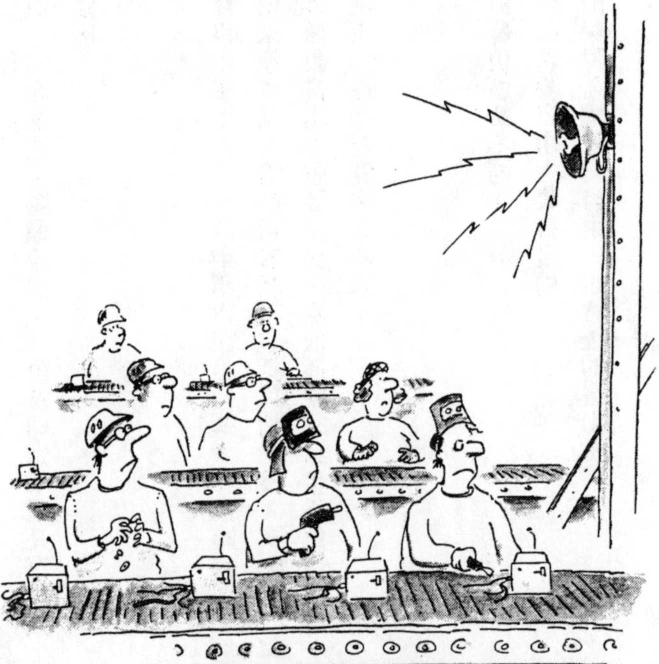

「是這樣啊?」朋友聽了點頭說道。「但是結婚率還是沒降低，這表示美國可真是個勇者之國呢!」

自由之國

「美國是片自由樂土。」某位中年市議員候選人如此高喊著。「在這個國家，任何人都能站出來說實話，當然這實話不包括你怕老婆、丈母娘、鄰座的同事、公司的上司;此外像說實話會破壞交易、降低形象的話也不包括在內;還有就是被稅務局詢問的情況下，往往避開事實不談。」

憲　法

美國憲法與蘇俄憲法不同。

蘇聯憲法保障言論自由、集會自由。

美國憲法則保障言論後的自由、集會後的自由。

煩惱與祈禱

某聖職者被邀請前往參加政府舉辦的宴會，他在結束演說時祈禱著：「願上帝與我們同在。」

「我一點也不憂心上帝是否站在我這邊。」某位男士說道。「因為上帝總是會站在對的這邊。而我不斷憂心、禱告的是願我與美利堅合衆國能站在上帝的旁邊。」

禱　告

曾任職上院所屬禮拜堂的牧師赫伊魯博士某次被問到：「博士，你在當上院牧師時，看見我國慘不忍睹的局勢，待解決的事情一籮筐，於是就禱告上帝能賜與上院議員們解決問題的智慧呢？」

結果赫伊魯博士答道。

「不，有些出入！我並非看見國家的現狀而為上院議員們禱告；而是目睹上院議員的作為後為國家祈禱。」

條件充足

總統常去的教會裡，某日牧師接到一通電話，對方以熱誠的口吻詢問他：「請問總統這禮拜天會去嗎？」

「這個嘛！」牧師很有耐心地說：「我不清楚他是不是一定會來，但上帝是一定會到的，對於出席來說這樣就夠了。」

上帝拯救的人

「若共和黨幹部和民主黨幹部共搭一艘獨木舟順著密西西比河流去，結果獨木舟翻了。」候選人如此說道。「那麼誰會得救呢？」

天外飛來聲音說：「美國國民。」

主　意

總統、總統夫人、副總統及下院議長四人搭乘總統專機空軍I號飛馳於美國上空，總統突然從口袋中取一張一百美元大鈔對夫人說：

「我把這一百元的鈔票丟下去讓某個幸運兒高興一下，你覺得如何？」

「真是個不錯的主意呢！」夫人說道。「但你倒不如丟十張十元的鈔票，那不是有十個人會高興了嗎？」

副總統接著說：「若丟一元鈔票一百張，讓一百個人撿到幸運呢？」

下院議長說：「總統，不如你從窗口跳下去，讓全美國人都高興一下。」

僵局

在華盛頓舉行的宴會上，法官正回答外國外交官提出的問題。

「我倒不認為民主黨和共和黨的對立太過激烈、頑固。」外交官如此說道。

「到底選舉後該如何解除這僵局呢？」

「一定有辦法的。」法官回答說：「要將頑固的東西軟化，就要用愛，只須借助愛的力量。」

期待値

華盛頓民主黨本部的電話聲響起。「喂！對不起。」電話那頭傳來聲音說：「能否請教您藝術家特拿州州長共和黨候選人的名單呢？」

「這裡是民主黨本部哦！」接電話的民主黨員說道。「能不能請您打到共和黨本部呢？」

「事實上，」對方說道：「我就是共和黨本部的人。」

美國式的人生

一位官吏被招待早餐，餐後主人問他要不要喝咖啡，他拒絕說道：「我已經習慣不在餐後用咖啡了。若喝了咖啡，下午精神就會變得太好了。」

官吏會議

布拉克州長以厭惡會議聞名，經常在召集部屬開會時，他總愛開玩笑說：

「花了那麼久的時間坐在這裡，看看會孵出麼蛋出來。」

分三類

某位新聞記者在訪問一位議員時，注意到他桌上有三個分類箱，上面寫著「未」、「已」、「後到」。

「那代表什麼意思呢？」記者詢問道。

「未表示未定，已表示已定。」議員回答。

「那麼，後到呢？」

「後天就快到了！」

行政改革

總統強力主張行政改革。上議院為了判定總統的決定是否可行，便召集委員會著手調查公務員現況。於是從某一省召喚一位官吏前來詢問。

「請問您都做些什麼事？」身為委員的上院議員問道。

官吏因厭煩了這些煩瑣的形式主義、逃避責任、公式化、職場內政治等，於是出乎意料地大喊：

「我什麼也沒做。」

委員聽了點點頭，再喚下一位官吏進來問道：「您的工作是？」

「我也沒做任何事。」

「嗯，果然有重複的。」委員如此說道。

裙帶關係

帕利亞契歐與柯瓦斯基因民主黨有力的市會議員的關係，得以在工程現場工作。當他們倆空手晃來工地時，工地監督便過來問道：「你們倆剛才在做什麼？」

「我們剛把鋼筋運到放材料的地方才回來。」帕利亞契歐答道。

「是這鋼筋嗎？」工地監督說道。「怎麼還看得到這東西呢？」

「喂，完蛋了，柯瓦斯基！」帕利亞契歐說道。「我們一定把那些鋼筋遺忘在那裡了，得趕緊去找才行啊！」

很快的速度

替政府工作的現場監督斥責帕利亞契歐。

「你要知道，政府並不指望我們以很快的速度趕工程，」監督說著。「但我真是沒見過像你動作這麼慢吞吞的人呢！你到底做什麼事會快一點啊？」

「有啊，監督。」帕利亞契歐回答。「我總能很快就覺得疲憊呢，這一點可是誰都比不過我哦！」

政府的事業

政府的道路工程正進展著，對州長選舉頗有功績的馬契得到了工地監督的工作。而實際上他被指派的任務也只是制止離工地一公里左右的車前進，警告車主前面正在施工須慢行，如此的角色而已。

後來馬契因患了感冒連聲音都沒了，他見車子靠近時，便制止車主喃喃說道：「前面有政府的施工現場。」

「我知道啊！」車主說著。「因為每個人都提起勁靜靜地開著車。」

生同死一般

受聯邦政府雇用的勞工，將因意外事故不幸死亡的一名男子的屍體運至殯儀館去。但殯儀館老闆卻斥怒地說：「到底怎麼回事啊？」他叫道。「你們早上不是說屍體要三點時送來嗎？你們以為現在幾點啊？七點了呢！」

「哦，實在很抱歉。」負責人向他賠不是，接著說道：「原本是打算三點送來，但在收工的鈴聲還沒響之前，根本分不清哪個是屍體。」

較短的月份

州民主黨幹部正在檢討選舉的得失。

「傑克那傢伙大概該滿足了吧！」某一位說道。「他在監獄的工作只有每個月撕一次日曆就好了呢！」

「這個啊……」另一位幹部說道。「傑克可不滿意呢，他說工作的速度太快了，因為上個月是二月！」

第六章　其他國家的領導者

二者擇其一

在被稱之為鐵女的英國第一任女首相柴契爾踏入政壇不久時，她因選舉區保守色彩濃厚，而陷於苦戰之中。那裡的選民還是堅持女性應待在家中，不該在政界拋頭露面這樣的觀念。

她便向地區工商會議所的理事說明自己的政治理念，希望能協助她拉票競選。

「若投票給非找個女人來競選，這樣人材不足的黨。」理事以不友善的口吻說道。「我寧願投給惡魔。」

「您說的是，」柴契爾夫人機伶地點頭說道：「但若是您的朋友不參選的話，請務必考慮投票給我們黨哦！」

死貓

以鐵女之名震憾的英國柴契爾首相，某次被邀前往演說，在演說最高潮時，不知從何處丟來一隻貓正好打中柴契爾的臉。當時投擲貓的人立即挺身向她賠罪，並稱這原是打算用來丟首相的政敵的。
「是嗎?」柴契爾露出憤怒的面孔說道:「我倒認為你的目標就是我，而我正是你想投中的那個政敵。」

貴　族

「從經濟的觀點來看，」柴契爾夫人說道。「我們決定節省晚餐會的開銷，不知有沒有人有異議?」
「我贊成，」貴族出身的成員之一說道。「我對那位議員喝湯的聲音及用餐的態度再也受不了了。」

男性與女性的差別

新聞記者在採討柴契爾夫人時問道:
「聽說您贊成死刑……。」
「是的。除掉殘暴的罪犯當然是社會的權利。我完全贊成絞刑。」首相堅定地發表宣言。「但女性就不同了，對待女性沒有必要像男性一樣使用絞刑。」

危機

柴契爾夫人為了使面臨破產的經濟再度復甦，便毅然決然地實施改革。她將大部分的國營產業轉為民間企業，並徹底削減多餘的人員。

這結果促使多數的勞工不得不轉向國外發展。

約翰前往巴黎後，被問及倫敦的情況時，他說道：

「怎麼說呢，」約翰形容地說：「就是很恐怖吧！每天都有好幾千人的頭被砍下來呢！」

「亂說！才沒有砍頭這回事呢！」那名男士叫道：「我是個賣帽子的呀！」

撤回

密特朗成為總統後，與他針鋒相對的保守派帕斯克瓦才三十歲，當時他入內閣在希拉克首相身旁做事，他每次一批評密特朗總是說得極尖酸刻薄。

「你不是在說總統盜取了公款吧？」希拉克首相可說是密特朗的政敵，但因他很清楚總統是個廉潔的人，故視這不可能的事為說笑。

「他大概沒偷過燒得火紅的筷子吧！」後輩諷刺地道。

密特朗得知此事後極為憤怒，要求他撤回他所說的話。

對於總統氣勢凶凶的樣子，帕斯克瓦失態地說：

「我曾說過你大概不會去偷燒得火熱的筷子這話。」他解釋道。「現在我收回這句話。」

聯合政權

法國密特朗總統是一名社會黨員，首相希拉克則是保守黨，因而要通過法案時，雙方都各自不同的立場。

某次召開審核國防預算的會議時，希拉克首相提議今年因多了項核實驗，所有費用以不超過三千億法朗為底限。有過半數的人贊同此項提議。

於是，密特朗總統起身說道：「這提案應加一條附帶規定，就是『最好別超過二千億法朗』。」

瞭解自己

密特朗在擔任總統時，以貴族身份自豪的吉斯卡爾•迪斯坦是當時輿論的話題，據說他打心底蔑視所謂的人性。密特朗便說：

「是嗎？那他對自己已經徹底研究過了。」

生的責任

在總統堅持社會主義，首相堅持保守策略的法國，政府內部經常會發生意見上的衝突。

密特朗總統極力闡揚社會主義的好處，他說：

「世界上施行社會主義政權的國家，都發展了無數的住宅建設；並著手建蓋新醫院。而且，平均一個嬰孩的牛奶費也一年比一年增加。舉個事實來說，以前我國常擔心的出生率太低的問題，也因為採社會主義政權，而有了前所未有的增加。」

這時，保守派的希拉克首相忍不住開口說：

「關於最後說的那句話，是否也能請總統弄清楚事實，與其說是社會主義，倒不如說那是個人努力的成果。」

開口

契爾南柯好長一段時間一直是布里茲涅夫的心腹，終於在年過七十歲後成為蘇聯共產黨書記長。

在他就任不久時，他每晚都被招待晚餐，而對於女主人來說，契爾南柯經常是令人頭痛的對象。這是因為他不但拙嘴笨腮，不擅於交際應酬及不愛說話更是出了名的。

某次，女主人突發奇想地把契爾南柯安排在擅於言辭、滿腹機智的戈巴契夫夫人鄰座。

戈巴契夫夫人總是能以她充滿魅力的幽默感來娛樂人們，但眼前的契爾南柯卻無一絲一毫的反應。

於是戈巴契夫夫人便以刻薄的語氣說：「您出席的晚餐會還不少嘛，想必您到那兒都如此沈默寡言吧！您能否偶爾也開一下尊口呢？」

契爾南柯便將頭移向餐桌上的餐盤看了看，然後小聲地說道：

「是嗎？我還有什麼沒吃乾淨嗎？」

蘇聯的革命

蘇聯政治家戈巴契夫在五十四歲時就任為書記長，這對於支配政權的長老平均年齡在七十歲以上的蘇聯來說是很不平凡的事。

就因為如此，黨的首腦及國內外人士就將焦點集中在戈巴契夫的領導能力、外交手腕上。

在記者會上，一位美國記者問道：

「書記長，聽說你是黨中想法最急進派的人，但您在決定內閣時，總得和哪個您的強力支持者商量吧？」

對於這個問題，書記長很不高興地答道：「這種場合並不適合把我太太提出來談啊！」

中蘇國境

戈巴契夫書記長曾暗中邀請高明的占星家克雷姆林占卜十年後的中蘇問題。

「十年後中蘇國境會變怎樣呢？」書記長如此詢問。

「不是很清楚呢？」占星師望著水晶球說道：「大概中國和芬蘭鄰接的國境會比較安穩吧！」

中國的近代化

被敬稱為「小老頭」，受中國大陸人民敬愛的鄧小平，據說將是二十世紀最後一位大政治家。鄧小平具有雄大的展望，亦曾數度從絕望的困境中復甦，而唯一令他棘手的就是女人。他只要一站在一群女人面前，這位老政治家就會緊張地像個小男孩一般。「要我站在一堆女人面前講話，倒不如面對一群紅衛兵還比較輕鬆。」他曾對他的親信坦誠地這麼說。

某次鄧小平在女性全國組織的中國國防女子部聯合大會上演說，他除了讚揚中國革命軍偉大的傳統外，也強調說明近代化的必要性。他的演說看起來似乎使這群由全國各地前來的優秀女性們感觸良深。

演說結束時，鄧小平說道：「各位有什麼問題嗎？」在中國，這種舉動是很少有的，但有一位舉手了，是一位代表上海地區的年輕女性。

她起立發問道：「請問您的夫人總是編著兩根長辮子，這是否和近代化有什麼特別關聯呢？」

知道得太多了

將競爭原理導入中國的鄧小平，曾在記者們詢問有關此大轉變的問題時，小聲地對他們說：

「在天國以權勢自豪的卡爾・馬克斯最近很不滿中國的情況。特別是不滿鄧小平掌權，因此他便懲罰鄧小平讓他聽不見。」

第七章　在日本舉行的國際會議

成功的手段

諾曼爾號是極盡奢侈建造而成的傳奇性遊艇，它原本是一位美國富豪委託英國造船公司建造的，但因保養費太高，每出海一次的花費幾乎可買一台飛機，這使得富豪也不得不將它脫手。它現在則為日本某位政商所持有。

此政商不但壟斷地收買英國公司，更設法擠進柴契爾政權內，於是向柴契爾夫人表明此遊艇將供她在冬季時自由地出海觀光。

「這怎麼可以，這麼大的一艘船就為我一個人出航，這不好吧！」柴契爾首相趕忙拒絕了此提議。

「首相，這艘船整年都在世界各大洋上航行呢！」政商以沒什麼大不了的口吻告訴她。

「是嗎？」柴契爾首相說道：「那中曾根先生主張禮遇富豪的稅制改革到底是成功了啊！」

上流社會的禮儀

身為日本社會黨委員長的土井高子曾前往英國訪問。柴契爾首相面對同樣是女性的官員，對於高子的來訪極為歡迎，並準備將她安頓在宮殿過夜。

翌日早餐會上，高子就坐在柴契爾夫人身邊，那時高子做了一件令人震驚的舉動。當時她看著柴契爾夫人優雅地拿起紅茶杯子，將它倒入深碟子中，並加入少許的牛奶、砂糖時，高子迷惑了，她心想這大概是英國上流社會的禮儀吧！於是她也如同柴契爾夫人一樣將紅茶倒入碟子中，然後她轉向鄰座的柴契爾夫人看了看，高子這會兒愕然失色了。

她看見柴契爾夫人將那碟子送到貓的面前。

法式作風

當時日本政府被國際指責是個擅於模倣、暴發戶的國家，就連在文化方面也顯得揮霍。

他們最初計畫招待獲得諾貝爾獎的法國文學家前來，此次的歡迎會比國賓的晚宴還要豪華，其中並邀集了被稱為美女的女星及歌星等。大部分的女性都穿著正式禮服，而一位著名的法國人則是衆人矚目的焦點，她再三地搖晃身上色彩繽紛的羽毛，頻頻地眨著她的假睫毛，嘴唇上的口紅則火紅地發亮。

坐在文學家鄰座的國會議員便以嘲笑的口吻說：

「怎麼樣，有沒有吸引到你啊！」

「人家可是特地打扮的。」文學家答道。

「我厭膩了這種法式作風。」

政治家的能力

首腦會議在東京召開時，加拿大首相以特別參加的身分前往迎賓館，由於交通和往常一樣地混亂，不管日本警察如何努力管制，首相還是比預定時間晚到了將近一小時。

日本首相中曾根向對方道歉地說：「東京的交通阻塞一直令人頭痛，連我都束手無策。」

「如果加拿大也發生這樣的交通阻塞，」加拿大首相說道。「我想我將成為一個名留青史的偉大政治家了。」

出席者

在東京首腦會議的晚宴上，首先上的菜是法式烤蝦及濃湯。主菜是鮮美的鱸魚加新鮮蔬菜上面淋上綠色調味料；甜點則是用南美水果製成如白雪般的水果露點綴櫻桃的凝結成果凍的東西。

柴契爾夫人清了清喉嚨開始說道：

「我們國家沒能力支付這一切。」

英國籍

受日本工商會議所之邀蒞臨日本的柴契爾首相，在演說結語時，她以充滿愛國情緒的口吻說：

「我生為英國人，並以身為英國人活著，也希望死為英國魂。」

在會議後舉行的宴會上，聽了柴契爾夫人演說的一名男士便走向她耳語地說：

「你難道沒有野心嗎？」

枯竭

這是發生在先進國家首腦會議上的事，中午午茶時間，日本首相正解決口渴時，有鐵女之稱的柴契爾首相就坐在鄰座。日本首相盡說些沒有重點的話題及資源問題。

「我們兩國共同的資源當中，」他說道。「你最憂心什麼會枯竭呢？」

「那大概就是納稅者吧！」柴契爾首相回答。「不然國庫就將空空如也了。」

日本支票

某位美國政治家說道：

「日本外交就像是一本支票簿，而開出來的幾乎都是空頭支票。」

起立

紐約召開的籌募資金晚宴邀請了許多日本財界的人士，他們以考察團的身分訪美。負責晚會的馬克貝恩向樂隊指揮打商量說：「我演說完後會請募捐一百美元的人士起立，這時請你配合情況演奏一下音樂。」

「你希望演奏什麼音樂呢？」指揮詢問道。

「你在說什麼？」馬克貝恩說道。「當然是國歌囉！最好是演奏日本國歌。」

政治家的證明

美國商務省為解決巨大的貿易赤字，曾數次與日本政府交涉，希望能擴大輸出日本的範圍。像是輸出木材、醫療機器、米，及參加大阪國際機場的工程投標。

但每次交涉時總是躲不掉新聞、報紙等媒體的窮追不捨，政府的態度仍十分不明顯。中曾根首相被問及此一問題，總是反覆地回答：「會妥善處理」、「會向前努力」、「有可能」。

眼看時間一天天地過去，議長對於與日俱增的貿易赤字極為著急，便對雷根說道：「總統，能否請教您中曾根所謂的『妥善處理』，究竟是表示『Yes』還是『No』呢？」

雷根回答道：「日本政治家所謂的『妥善處理』指的就是『大概有可能』，它含有『No』的成分在；若他們說『No』的話，這個人就不會是一個政治家囉。」

輸向日本

美國議會正協商著如何回復與日本的貿易逆差一案。

——將美國的壁櫥輸給日本當作新住宅——

驢

中曾根首相曾無意中批評美國人知識水準低，而遭受極大的攻擊，當時他曾希望得到雷根的諒解，結果雷根對他說道：「我想說的是，身為一國的領導者就像在

輸出住宅用壁櫥給日本

下著雹的暴風雨中站在田中央的驢，只有站在那兒默默地忍受痛苦。」

依法律來說

在東京高峰會議即將召開前不久，美國對利比亞採取了攻擊行動。原本高峰會議的主題都繞著日本貿易盈餘一案打轉，中途卻轉向抨擊雷根所採取的攻擊行動是否正當。

其中因義大利的國境與利比亞相鄰而遭牽連，義大利首相即憤慨地對雷根咆哮道：「你最好下地獄去！」

由於攻擊目標轉向而得以鬆一口氣的日本首相在這情況下，竟漫不經心地說：「依法律來說，他是沒理由下地獄的。」

意見一致

伊朗領導者柯梅尼極痛惡美國，他曾將美國比喻為蛇蠍。他總是不加掩飾地顯露出對雷根政權的敵意，且稱白宮為黑宮。

在一九八六年日本首相中曾根無意中指稱「美國人知識水準太低」，而惹禍上身時，他為了制止騷動，拚命地辯解那是指少數人而言。在騷動到達最高潮時，中曾根突然接到柯梅尼饋贈的花束及電報一封。

「我雖然不喜歡親美派的你，但這次你說的那句具有深度的話，讓我們開始意見一致了。」

又輸了

伊朗醜聞的暴露，導致在雷克雅未克舉行的高峰會議決裂，並波及巨大的貿易赤字、農政失敗、期中選舉大敗等，雷根總統的聲望倏然跌到谷底。

僅僅在三個月之間，原本六十七％的受歡迎程度，降成了四十九％，雷根也變得沈默寡言了。在面對新聞記者的採訪及例行的電視問政節目時，他都幾乎不再開口說話了。

日本首相訪美時，在歡迎會上被安排坐在雷根總統鄰座。

「總統啊！」他誇張地說道：「你最近好像變得不愛說話了，我今天跟人家打賭保證要讓你開口說兩個字以上。」

「你輸了（You lose）」總統答道。

兩　點

社會黨女委員長向訪日的阿基諾總統坦白道：

「我並不完全否定我國的總理，他也只有兩點無法讓人忍受——就是他的舌頭。你得細心哦！」

不幸與災難的差別

「不幸與災難有什麼不一樣嗎？」一名外國記者詢問有意參選下任總統，被日本人稱為新銳領導者的政治家。

「所謂不幸呢？」這位新領導人說道：「就像總理大臣那樣因為不小心說溜了嘴，結果被認為信用掃地。而若讓他再繼續任職，這就是所謂的災難——對全國國民而言。」

禍從口出

政治家可比喻為魚，只要開口就會惹來災難。

剩餘時間

中曾根首相在任期即將期滿時前往美國訪問。

在歡迎會結束後，雷根總統與中曾根首相移往沙龍去品嚐白蘭地，他們倆一直沈默地品味著美酒。

過了一會兒，雷根向身旁的科學顧問問道：「我剛剛喝下的酒大概可淹過這沙龍了吧！」

科學顧問一聽即從口袋內取出電子計算機，嗶嗶嗶地連按了好幾下。

「您這一生到此為止喝下的酒量剛好到您的鼻子的地方。」

雷根聽了顯得有些沮喪，他轉向中曾根首相說道：

「是啊，換成這房間天井的高來說，我真為我們剩餘的政治生涯感到悲哀。」

白日夢

政治家對於塑造銅像所開的條件會是什麼呢？就是銅像臉上的嘴巴要閉起來；列為國家預算之中，還有，不可提高稅金。

比夢

某日，羅那多·雷根與密哈爾·戈巴契夫以直播電話聊天。

戈巴契夫說道：「對了，羅！我昨天做了一個有關華盛頓的夢呢！我夢見白宮的星條旗緩緩地被降下來，換成紅旗在天空飄呢！」

「啊！真的嗎？」雷根答道：「我昨天也做了一個夢呢！密哈爾！我夢見我站在莫斯科的紅廣場眺望克里姆林宮，結果克里姆林宮上的大紅旗被風一吹，反面竟寫著字呢！」

「這是什麼奇怪的夢啊！」戈巴契夫問道：「上面寫些什麼呢？」

「我也不清楚，」雷根接著說：「因為我看不懂中文。」

第八章　有關蘇俄的傳聞

在莫斯科

「對不起，請問這種衛生紙在哪兒買的啊？」伊娃看見一名男子手中拿著裝了許多衛生紙的網袋，便好奇地向他詢問。

「這不是買的，」男子說道：「這是我自己用過的，剛才洗乾淨呢。」

橘子

在蘇俄，丈夫一下班回家就把太太當陌生人般地嘮嘮叨叨個沒完。

「無聊的女人！」丈夫斥怒道：「大家都排隊排得好好的在買橘子時，一個無聊的女人竟在那裡說『知道什麼人連得到橘子都難了吧！』」

鐵證

這是晌午時分發生在公園的事。一位外來觀光客與當地的俄國人並肩坐在長椅上，議論著亞當與夏娃到底是什麼人。

伊朗人主張亞當一定是伊斯蘭教徒，因為蘋果在伊斯蘭教被視為神聖的水果。

從法國來的觀光客說道：

「或許亞當是位伊斯蘭教徒，但我相信夏娃一定是法國人，你們想在哪個國家，一個女人會因為一顆蘋果就和男人同床共枕呢？」

當地的俄國人最後說道：「亞當和夏娃絕對是俄國人，你們說哪個國家的人會寧願自己不穿衣服、光著腳待在天國呢？」

從前

亞美尼亞電台播放的機智問答說：

「雞和蛋哪一個先有？」

解答者在一旁暗暗地答道：「從前的話兩者都有。」

文明社會的證據

這是一位企圖穿越西伯利亞的探險家的故事。他踏遍了廣大的未開發地區後，突然看見一具絞刑台。

「這景象，」他說道：「它證明我終於回到文明社會了，真令人無限喜悅。」

住宅觀

一名KGB（蘇聯秘密警察）搜查官敲著一間破舊公寓的門，門牌上寫著名為卡那安的猶太人名。結果一位穿著破爛不堪的老人打開門問道：

「什麼事？」

「這裡是不是住了一位叫卡那安的毛皮商呢？」

「不住這兒。」

「那您是誰？」

「卡那安。」老人回答。

「那你還說不住這兒。」KGB不高興地說道。

「你說這地方像是可以住的嗎？」

信

在成衣廠上班的猶太人莫斯可維茲深夜兩點時被KGB（蘇聯秘密警察）帶到總部去問話。

「莫斯可維茲同志，」KGB的官員問道：「你有親戚在國外嗎？」

「一個也沒有。」莫斯可維茲回答。

「但是根據我們的調查，你有一位兄長叫傑克普・莫斯可維茲，他在美國的宇宙產業公司當技術人員。」

「欸，有些出入哦！」莫斯可維茲說道。「我當然知道你剛說的是誰，但他從小就去美國了，我根本不曉得他長什麼樣子，也不曾連絡過。」

「你不想寫信給他嗎？」

「這種事行不通啊！」莫斯可維茲說道。「我和他形同陌路，他做什麼和我一點關係也沒有。請問我可以走了嗎？」

「不，你坐好，」官員說道。「我們以KGB的身分要求你寫封信給你兄長。」

「我瞭解，沒問題的，」莫斯可維茲說道。「那我馬上回家寫信囉！」

「莫斯可維茲同志，幹嘛非回家寫不可？可以在這裡寫呀！現在馬上就寫吧！」

「那我就照你的話做，」莫斯可維茲說道：「這就寫了。」

莫斯可維茲接過信紙及筆即寫道：

「親愛的傑克普兄長，我終於發現了適合寫信的時間及場所了……。」

賢愚之差

問：聰明的俄國猶太人怎麽和白痴的俄國猶太人連絡呢？

答：從紐約打電話來呀！

軍事檢閱

南茜接到被派遣到蘇聯的情人買那里斯特的來信。她打開信封，裡面根本沒信，僅有一張帶狀的長條紙片，在紙片上這樣寫著：

「你的男朋友至今仍和以前一樣深愛著你，但他說得太多了。　檢閱官」

電視設備

至蘇聯旅行返國的喜劇演員鮑伯・赫伯發表了對莫斯科旅館的感想，他說：

「確實每間房間都有電視，但那是用來監視房客的。」

判決的理由

歷代的蘇聯領導者之中，只有福爾西瓊夫具有自娛娛人的幽默感，下面即是他說過的笑話。

某次一名男子在克里姆林宮大叫：「福爾西瓊夫是白痴，是王八蛋！」結果他立刻被捕，並以侮辱共產黨書記長服刑三年，洩露國家機密服刑二十年，被判合計二十三年的刑期。

收藏家

「書記長是政治笑話收藏家。」友人向來自西伯利亞的男士說道。

「不是這樣吧，」這名曾被懷疑是情報員，而被長期居留在西伯利亞監獄的男子言下之意否定了對方的看法。

「書記長收藏的是講政治笑話的人。」

比賽

「你有沒有聽說『普拉達』報在舉辦政治笑話比賽。」一名莫斯科市民向友人說道。

「那頭獎是什麼呢？」友人問道。

「好像是去西伯利亞觀光。」

嘲笑俄國

政治笑話比賽的成績公布如下：

頭等獎：監禁二十五年。

二等獎：監禁於單身牢房十五年。

三等獎：監禁十年並沒收所有財產。

有關暗殺事件的真相

一九六八年發生於蘇聯的布里茲涅夫被暗殺未遂事件起，至會成為公開的蘇聯國家機密。當時一名叫伯布夫的中尉持手槍攻擊布里茲涅夫，結果受重傷的變成布里茲涅夫的司機，這件事是衆所皆知的機密。

歷史學家們都暗中想揭發此事的真實內幕。

證人團中有一人說伯布夫中尉之所以會沒射準，是因為群衆中有一人搶著中尉的手槍叫著：「交給我讓我來吧！」而起了爭執。

其他部分證人則說子彈有打中布里茲涅夫的頭部，但因他的頭實在硬得像塊石頭，結果子彈一彈開剛好命中司機才使他身負重傷。

秘密投票

這是在共產主義國家才會發生的事。某位農民出門前去投票，到了投票場所，那裡的人員交給他一個密閉信封要他投入投票箱內，農民心想打開信封看看，竟被官員斥罵道：「你在幹什麼啊？」

農民解釋說他並沒其他意思，只是想知道他投給哪個人而已。

「你是白痴嗎？這是秘密投票耶！」

報紙

莫斯科正為勞動節舉行著慶祝遊行，有三位英雄從天國眺望著此景象，他們分別是亞歷山大大王、凱撒及拿破崙。

亞歷山大大王看著步兵隊伍井然有序地走在裝甲戰車隊的後方，他打心裡羨慕道：

「若我擁有這樣的軍隊就能征服全世界了。」

凱撒望著噴射戰鬥機的隊伍騰空而過而說道：

「若我有這樣的生產技術，我就能控制全世界了。」

拿破崙從一開始就沈迷於蘇聯『普拉達』報中。

「你幹嘛一直看這報紙啊？」亞歷山大大王詢問道。「你沒看到那遊行嗎？」

「那群軍隊固然優秀，但這報紙同樣令人震驚呢！」拿破崙說道：「若我擁有了這報紙，絕對不會向人透露滑鐵盧的事。」

藍按鈕

西伯利亞內地的地下導彈基地的控制室中，幾個校將正興致地玩著牌，突然所長跑進來憤怒地說：

「是誰按了藍按鈕的？」所長凝望了每個人，但沒得到任何回答。

「我再問一次，」所長重複著說：「哪個傢伙按了那個藍色按鈕？」

仍然沒人回應。

「好，我不管澳大利亞會變怎樣，但是我務必要知道這個藍按鈕是誰按的。」

蘇聯軍的撤退

一九七九年蘇聯在阿富汗駐軍長達七年以上，為的是鎮壓反蘇勢力。

一位外國旅行者詢問阿富汗當地的一名女士，蘇聯兵何時才會離開阿富汗。

「這個嘛！」女士答道：「關於這個問題，可分為自然解決與超自然解決兩種結局。所謂自然解決就是天使下凡來將蘇聯人送回莫斯科；而超自然解決就是俄國人不藉助任何力量自行改變想法，而返回莫斯科去。」

三個願望

一名捷克人在森林中救了將被蛇吞噬的青蛙，於是妖精便現身在他面前說道：

「你可以許三個願望，什麼都可以。」

「真是太感謝了，」捷克人說道：「我第一個願望是希望中國能進攻捷克。」

「好的，」妖精說：「那麼，第二個呢？」

「第二個願望我希望中國再次侵略捷克。」

妖精被他許的願給震驚了。「那第三個呢，你只剩下一個願望了。」

「第三個願望還是希望中國人攻打捷克。」

「好吧，既然你由衷希望如此，我會讓這三個願望都實現的。」妖精說道：

「但你為什麼要如此責難自己的國家呢？竟希望中國人三次進攻捷克。」

「這樣好啊！」捷克人挺著胸說道：「因為中國若要侵略我國三次，就得橫越蘇聯六次才行囉！」

在莫斯科

為慶祝十九世紀的偉大詩人布希金一百五十週年誕辰，決定為他建立紀念碑，於是便舉辦了設計比賽。不久後，共黨特別委員會發表了比賽結果如下：

第三名是「手上拿著馬克斯資本論的布希金」；第二名是「手上拿著列寧帝國主義論的布希金」；第一名是「手上拿著布希金的現任書記長。」

悲嘆

參觀史達林紀念館的一名男子站在史達林生母的肖像畫前悲嘆地說：

「啊，多麼悲慘的悲劇啊！像這樣可愛的婦人連做墮胎手術都來不及做。」

他不存在的年代

在史達林統治的俄國，舉行著壯觀的遊行，人們都製作寫著讚美史達林的字句海報參加遊行。

一名為拉比諾維茲的老人在他的海報上寫著：

「感謝史達林同志！托您的福讓我們擁有幸福的童年時光！」

一共產黨分部的幹部看見這海報寫的字，便毫不客氣地走向老人問道：「怎麼了?拉比諾維茲，上了年紀就老糊塗了啊！你不是都七十六了，你當小孩時史達林都還沒出生呢！」

「對啊！誠如你所說的！」拉比諾維茲老人回答道。

那地方的語言

列寧格勒內瓦河的橋上聚集了許多群衆，當治安警察前來察看時，看見一名猶太老人很認真地朗讀著希伯來文的課文。

「喂！老先生，你在這兒做什麼？」警察詢問道。
「我只是在這兒唸希伯來文而已。」
「你唸這東西做什麼啊？」警察又問道。
「你看也知道我都這麼老了，就不久於人世了。因為我想到死後會遇見上帝，所以得先學會上帝的語言啊！」
警察聽了諷刺地笑著說：「你怎麼知道你會上天堂？」
老人點頭答道：「我是不知道自己是不是會上天堂啦，但若不是上天堂那就更不用擔心了，因為另一邊一定是講俄文。」

你夠幸運了

俄國槍決隊將美國間諜帶至刑場，因當時雨勢劇烈，每個人的腳底都沾滿了污泥，一切都在陰鬱的氣氛下進行著。
「竟死在這麼糟糕的早上！」一名囚犯發牢騷地說道。
「你在抱怨什麼啊？」旁邊的衛兵反說道：「我們還得踩著這一身爛泥回家，

還必須生活在這個國家呢！」

理想國

從各地來的秀才正在接受口試。

「你在自然科學及俄國古典文學方面成績都很優秀，」教授說道。「接下來我想問你有關俄國的歷史。」

「布爾什維克革命是何時發生的？」

「不知道。」學生回答。

「那『資本論』是誰寫的呢？」

「不知道。」學生回答。

「請說明史達林同志的功績。」

「我沒聽過這個人。」學生回答。

教授極感吃驚地說：「你有沒有聽過戈巴契夫這個人呢？」

「戈巴，什麼啊！」學生再問一次。

「好，」教授又問：「你的出生地在哪裡？」

「我來自西伯利亞的見多羅佛卡。」

教授沈思了一會兒說道：「見多羅佛卡……我不認為它存在這世上，它就像個理想國呢？」

雖這麼說

這是發生在莫斯科大學的事。

某一著名的教授正全力辯解著將有可能利用國家經費至行星上旅行。

「我們有可能上火星、金星甚至冥王星旅行，」教授說道：「有任何問題要問嗎？」

教室後面有一個人舉手問道：「那我們什麼時候才能去美國旅行呢？」

自由之國

美國人與蘇俄人爭議著哪一國才是自由之國。

美國人說：「我就算跑到白宮前大喊『打倒雷根！』也不會有事發生！」

蘇俄人亦不服輸地說：「我跑到克里姆林宮前叫著『打倒雷根！』，也不會發生什麼事啊！」

車的話題

從美國來的觀光客驕傲地向俄人說：

「我有三部車，一部上班用，一部給太太上街買東西用，第三部則是全家要到加拿大旅行時開的。」

俄人聽了也不認輸地說：

「我沒有車，因為根本不需要有車。上班只要搭地下鐵就行了，太太在家附近都可以買到東西，至於要出國就搭戰車去囉！」

非資本家

國際醫學會議正召開著，在休息時間，各國的醫生們開始閒聊了起來。

英國醫生說：「我們最感到頭痛的問題，就比如一名接受糖尿病的治療一直都進行得很順利的患者，竟然因心臟病發作死去。」

「我也有同感，」法國醫生說：「像風濕病痊癒了卻死於癌症的病例就經常發生。」

「各位所言除了資本家醫學的曖昧外什麼也沒有，我們俄國醫生像是一個接受肺炎治療的患者，我保證他一定會死於肺炎。」

社會主義國家

問—發明社會主義的是勞動者還是科學家？

答—必定是勞動者，因為若是科學家一定會先用老鼠實驗看看呀！

危險的標誌

一名觀光客在列寧格勒旅行時，途中因滑了腳而跌入正在施工的水溝中，滿身骯髒的美國人氣憤地向導遊說：

「在美國，危險場所都會豎立紅旗，才可以避免危險啊！」

「我國也是一樣啊！」導遊說：「難道你在入境時沒看見豎立著大紅旗嗎？」

共產政權

亞美尼亞電台中的問答。

「任何一個資本主義國家，像荷蘭可能建立一個共產主義政府嗎？」

答：「有可能。究竟荷蘭那裡對不起你了？」

狗

蘇俄外交官在第三世界代表們的面前說明國家的政策。

「我們俄國人痛惡中國人及美國人是有正當的理由的，這是基於愛護動物的精神，誰會喜歡吃狗肉的人呢？中國人就認為狗肉很美味。」

「但是，」代表之一戰戰兢兢地問道：「中國人確實愛吃狗肉，但你說美國人也吃狗肉那倒是頭一次聽說……」

「俄國人是不會說謊的，」外交官沈穩地凝望著對方說道：「美國人不是最愛吃熱狗的嗎？」

沒有懷疑的必要

蘇聯通商代表前往匈牙利，他們對於布達佩斯某座建築物入口掛著「海軍省」的看板感到吃驚。

「這是怎麼一回事啊？」蘇聯人向匈牙利人詢問：「貴國有什麼海嗎？」

「這沒什麼好令人懷疑的啊！」匈牙利人說：「拿蘇聯來說不也有文化省嗎？」

敗因

在六日戰爭中慘遭敗北的阿拉伯俘虜們討論著失敗的原因。

「是不是蘇聯製造的武器不夠好啊？」其中一人說。

「不是吧！」另一個反對地說：「不好的是作戰計畫。」

「作戰計畫書？」

「嗯，那上面寫著先撤退，將敵人引入內地等待冬天下雪。」

蘇俄

一名自卻柯斯羅瓦基來的男子為了能在政府機關做事，便提出轉調申請書。後來被黨幹部喚去面試。

「你對蘇維埃政府有什麼看法？」幹部問道。

「就如同你手邊的公文上寫的一樣，我由衷感激蘇聯這個國家。」那名男子說道：「它就像是我的太太一樣。」

「這是什麼意思呢？」幹部問道。

「就是說，」男士解釋道：「因柯斯羅瓦基是我的母國，我不可能把蘇聯當成像自己的母親一樣，但對於蘇聯的感覺就像太太一樣。」

那男子就職後，朋友們即嘲笑他說些奉承阿諛的話才得到了這工作。

「但我是真的對蘇聯和對太太是同樣的心情，」那男的接著說：「既不愛她、又不能把她休了，早就已經到了同床異夢的地步了……」

第九章　黑色幽默之國

小男人的行蹤

馬可士總統在鞏固獨裁政權後，巡迴菲律賓各島進行遊說。他無論到哪個村子演說，結束時總會詢問有沒有問題。一次，一名小男人起身問道：

「言論的自由會有什麼進展嗎？」

馬可士完全對這男子的問題驚愕得不知如何答覆。

而每次馬可士到哪裡演說，那小男人就會出現並詢問同樣的問題。而馬可士仍繼續無視於他的問題。

馬可士又到下個村子演說，完了時像往常般地詢問有沒有問題，這次卻不見那個小男人的身影。不久，群衆中傳來聲音說：

「每次都在後面發問的那個小男人怎麼啦？」

馬尼拉的公車

在馬可士掌權時，馬尼拉一輛擁擠的公車中，一名男子同站在他隔壁的男子說道：「抱歉，你是位軍人嗎？」
「不是的。」
「那是為政府工作的嗎？」
「不是的。」
「和政府都完全沒關係嗎？」
「是的。」
「那麼，對不起，你從剛剛就一直踩著我的腳，請拿開好嗎？」

愛國者

馬可士政權末期時，一位美麗的女子搭乘馬尼拉的公車，女子的前面坐著一位馬可士軍隊的高級軍官。由於女子長得十分嬌媚，軍官便趁著擁擠混亂之際對女子做了不禮貌的舉動，而好強的女子則不甘勢弱地將軍官的手推開並打了他一巴掌。

而這名女子的未婚夫及父親也同在這輛公車上。

「你在做什麼？」未婚夫驚嚇地問道。「打軍官罪可不輕，是會被關的。」

「但這男人想摸我重要的部位。」女子解釋著。

未婚夫一聽便毫不猶豫地打起軍官來了。

父親看見女婿毆打著軍官，便吃驚地問：

「你瘋了啊？怎麼毆打軍官呢，一定會被捉去關的。」

「可是，父親，這傢伙想對你女兒毛手毛腳的呢！」女婿對岳父說道。

父親一聽便使力揍了軍官一拳。

騷動引起後，從公車後方冒出了一個小男人，他看見女子的未婚夫及父親正在揍著軍官，於是他也痛毆了軍官一頓。因為騷動越演越烈，公車司機便喊警察來處理，警察來後即逮捕了那名女子及三位男人。

開庭時，法官說明了毆打馬可士軍隊的軍官對國家是一種判逆罪；然後首先詢問女子毆打軍官的理由。

「那男的在公車對我做猥褻的行為。」

「是嗎？」法官說道：「你的表現顯示了菲律賓女性具有崇高的道德感，是一種愛國的表現。」

於是女子被釋放了。法官再審問未婚夫毆打軍官的理由。

「我是想保護我未婚妻免遭到那男人邪惡的行為。」未婚夫說道。

「嗯，的確。」法官說道：「你是為了維護菲律賓女性的純潔，是個令人敬佩的愛國者。」

於是未婚夫也立即被釋放了。

同樣地，父親以維護家庭聲譽的理由被釋放了。

最後輪到那名小男人。

「你為什麼毆打軍官呢？你和那女子或她未婚夫有關係嗎？」

「沒有。」小男人回答。

「我先是看到那女子打了軍官一巴掌，接著又看到那年輕人、老伯也陸續毆打軍官，我突然有了打倒馬可士政權的念頭，於是就對那傢伙揍了過去。」

言論自由

馬可士軍隊將軍的妻子搭乘一輛擁擠的馬尼拉巴士，站在她身旁的男子突然放了一個響屁，她立即摀著臉說道：「真是沒禮貌！」

「將軍夫人。」那男子說道：「馬可士軍隊的將軍或許把我們的嘴堵住了，屁股可沒裝塞子呢！」

郵票

這是馬可士當總統時的事。某日，他考慮讓菲律賓發行印上他及夫人伊美黛肖像的郵票。

於是立即展開計畫，綻新的馬可士郵票便上市了。

但沒想到這張郵票到處有人抱怨很難貼到信封上，因此馬可士喚來郵政大臣，總統試著舔舔郵票貼到信封上。

「你看得很清楚吧！」總統說道：「像這樣貼上去就好了，不是嗎？人們為什麼會抱怨呢？」

「無知的人們，」郵政大臣說道：「都把口水舔到正面去了啊，總統。」

事業

菲律賓獨裁者馬可士的夫人伊美黛除了無知外，還是個奢侈、愛慕虛榮的女人，國民對她極無好感。

伊美黛無論走到哪裡，都一定會有乞丐向她討錢，這虛榮的女人雖會給錢，但總是很厭煩這種事。某日伊美黛便對乞丐說：

「你們這些乞丐真礙眼，我決定訂一條法律讓警察來逮捕你們。」

「求求你，馬可士夫人，」乞丐哀求道：「你也看到了，我行動不方便無法工作，就算身體沒有殘缺，像我這種廢物也是找不到工作的。若將乞丐都逮捕了，我和我家人該怎麼生活呢？」

「好吧！」伊美黛說道：「那我就給你一個機會從事正當的工作。你說說看你若不當乞丐而從事正職需要什麼呢？你說個願望吧！」

「那麼，我有個請求。」乞丐說道：「能不能請妳給我一張和你本人同樣大小的相片並在上面簽名呢？」

「只是這樣嗎？」伊美黛說道。她心中暗自高興。

「是的。」乞丐回答。

「那我就給你一張簽名照片吧！」伊美黛說道：「但你若被我撞見你再乞討，我就讓你這輩子都在監獄度過囉！」

於是她給了那乞丐一張很大的簽名照。

之後幾個月伊美黛都未看見那乞丐的蹤跡。大概過了半年後，伊美黛突然發現那名乞丐抽著雪茄坐在一輛賓士車中，於是她便命令警察攔下那輛車，帶那名男子來問話。

「我真不敢相信，」伊美黛說道：「你到底做了什麼？」

「都拜妳給我的相片之賜。」曾為乞丐的男子說道。

「到底怎麼回事？」伊美黛問道。

「那你得保證不告訴警察、總統。」乞丐說著。

「好啊。」

「事實上我暗中租了一家店，掛了張招牌寫著：『對相片小便，每次2披索』

，沒想到短短的時間就存夠了財產呢！」

深夜的公園中

某夜貝爾參謀總長在馬拉卡尼亞宮附近的公園走著，經過開國英雄的銅像時，突然聽到有聲音說道：

「喂！貝爾，過來一下，我有話想跟你說。」

貝爾參謀總長向四周張望了一下，他發現一個人影也沒有，只有那尊銅像豎立在那兒。

「喂！貝爾！」銅像說道：「你看看公園中其他的銅像全部騎著馬，只有我是站著的。我在這已經站了二十多年了，我感到很厭倦。你以前是馬可士的司機，近來可是出頭囉！我信賴你是個男人故有一事相求，給我一匹馬！讓我騎在馬上吧！」

「知道了，將軍。」貝爾參謀總長說道：「那我明天辦吧！」

翌日，貝爾將昨夜在馬拉卡尼亞宮遇見的事向伊美黛說。

「別把我當傻瓜，」伊美黛說道：「不可能有這種事的。」

「若你不相信我的話，」貝爾說道：「那今晚我們一起去公園，你可以自己去證實。」

於是到了夜晚，貝爾帶伊美黛到銅像前，過了五分鐘又一個五分鐘，銅像仍然未吐一個字。

「你看，貝爾，它什麼話也沒說啊！」伊美黛以勝利的姿態說道。

「喂，貝爾。」銅像突然開口了。「我不是叫你帶匹馬來嗎？怎麼帶一隻老狗來？你要我騎這東西嗎？」

立場

馬可士的心腹貝爾參謀總長雇用了一名畫家為他素描一幅巨大的肖像畫，想將它掛在客廳中。後來貝爾便每天早上都對著肖像說話。

「你看看我們兩個，」貝爾參謀總長說道：「真是跟我一模一樣呢！」

某日發生了一件令人震驚的事，即那肖像畫竟然開口說：「才不呢！我們可沒完全一模一樣，若那時人民闖了進來，只會把我撕毀，卻會把你吊死在這兒。」

新笑話

馬可士總統的時代，有位愛開馬可士笑話的男子，不知誰向警察告密，這名男子便被逮捕了，並被帶到馬可士的面前。

「據我所知，你好像很喜歡開我的玩笑哦！」馬可士問道。

「你說得沒錯。」男子回答。

「你知不知道批評總統是違法的！我的政權將會持續一百年的。」

「不！」那男子說道：「這個笑話我倒是第一次聽說。」

練習

馬可士政權末期的某日，主樞機卿、馬可士的心腹貝爾參謀總長與馬可士政府的官僚們共進晚餐。

官僚們都針對近來總統欲將權限攬於一身的傾向表示擔心，深怕自己會被驅逐出境。

主樞機卿說道：「各位大巨，你們大概都很擔心吧！但我卻十分放心。就算是馬可士總統，也不可能把我開除，自個兒去掌管教堂。」

「你這麼放心啊！」貝爾參謀總長說道：「若你注意到最近馬可士總統畫十字的方式，可就不妙了。」

有備無患

馬可士總統與他的心腹貝爾參謀總長前往馬尼拉郊外的監獄訪問。

「總統，」典獄長說道：「囚犯們都提出改善條件，又說若不准許的話就絕食抗議。」

「他們要求什麼？」馬可士詢問。

「他們希望每週能和妻子作愛一次。」

馬可士總統考慮了一會兒便准許了這項要求，一旁的貝爾卻被馬可士的寬宏大量給嚇倒了。

在此之後不到一個禮拜的時間，典獄長即來到馬拉卡尼亞宮對馬可士說：「總統，囚犯們又不安分了，他們這次要求每間牢房都要裝電視，否則就絕食抗議。」

馬可士又考慮了一會兒便准許了此項要求。貝爾仍舊為此感到愕然無語。

又過了一個月之後，典獄長再度前來。

「囚犯們要求導入模範囚犯週末可回家過夜的制度。」典獄長說著。「丹麥即實施這樣的制度。」

馬可士再度答應了要求，而貝爾也再忍不住地問：

「總統您到底有什麼打算呢？在菲律賓，有的人沒飯吃、學校也不夠，您卻花這麼多錢在監獄那種地方？」

「貝爾啊！」馬可士總統說道：「如果我的政府垮台了，還有人上學嗎？」

馬可士

菲律賓總統馬可士死後下地獄。

地獄可分為火刑、水刑、針山等七千二百五十三種（菲律賓島嶼的總數），而前往哪一個地獄則在與撒旦決勝負後決定。如何決勝負則可由死者來選擇。但來到地獄的死者還沒有任何人贏過撒旦。

西部的神槍手比利・查基德在和撒旦對抗時也全身被打得像蜂巢般地輸了。希特勒在與撒旦比撲克牌時拿到了四張A，但撒旦竟以同花順贏了他。後來來的俄國人想以輪盤賭輸贏，沒想到體制開始就輸得慘兮兮的。

馬可士接著被帶來了。

「你可以選擇決勝負的方法，但不可用選舉，因為一選舉的話，你可能就坐上這個位置了。」撒旦說道。

地毯的毛球

兩伊戰爭時，波斯地毯產地上有名的壯男伊斯法弗即將出征前，他向故鄉的人們喊到：

「用地毯的毛球將伊拉克雜種吹走吧！」

兩年後，這名男子返回故鄉了，但卻缺了條腿。人們看見兩年前士氣高昂的他變成這樣，有人便問他：「你不是說過要用地毯的毛球把伊拉克人趕走嗎？」

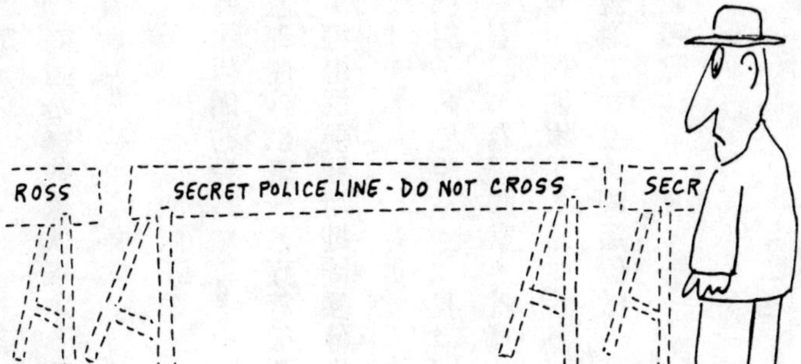

不可超越此線　秘密警察

「我是這麼做了！」那男的說：「問題是那些傢伙根本不想跟地毯作戰。」

連敵人都愛我們

伊朗、伊拉克戰爭進行到最高潮時，伊朗的最高領導者柯梅尼前去視察戰線。當他巡視收容傷兵的帳棚時，突然注意到棚外坐著一名穿著破舊軍服的士兵。士兵的手臂上吊著布帶，頭上也纏著繃帶，柯梅尼便親切地問候他情況。士兵像在對自己說話似地喃喃說道：

「我愛我的國家。」柯梅尼靠近那男子聽他說話。「我為阿拉及國家而打仗，為了國家，就算沒飯吃、沒水喝我也會忍耐，為了國家，就算死都值得。但是，如果這場狗屎戰爭結束的話，我就不再愛這個國家了！」

「怎麼可以這樣急躁！」柯梅尼說道：「連美國這個敵人都愛我們呢！雷根總統不就冒著被砍頭的危險送武器給我們嗎？」

衛星國

北韓領導者金日成在辦公室接見記者。記者們看見首相桌上放置了好幾支電話，即詢問其理由。

「這支是打到中國時用的；這支是打到蘇聯，這支打到古巴，這是利比亞……」金日成指著每一支電話並說明著。

「那哪一支是打到南韓的呢？」記者之一問道。

「哦，南韓啊！」金日成回答：「用擴音器就行了。」

三隻老鼠

某位獨裁政權的領導者是個數次從歷史性的陰謀及革命危險中逃開的人物。

某日，他夢見三隻老鼠，其中一隻胖嘟嘟的，一隻很瘦小，另一隻則瞎了眼。

這位獨裁者便將所做的夢說給老占卜師聽。

「那隻胖老鼠啊！」女占卜師解著夢說道：「代表你的兒子，瘦巴巴的那隻代表你國家的人民；而瞎了眼的那隻則意味著你本人。」

亞洲的悲劇

這是中國大陸的毛澤東主席在倡導貧乏之德，命令所有國民要早睡，且在柬普寨採取波普特政權「紅色解放」賣力地虐殺知識份子時發生的事。一艘船在越南海上翻覆了，而搭乘此艘船的有中國人、日本及柬普寨人。

柬普寨人宣稱在這種暴風雨下竟發生船難，一定是身為知識份子的船長故意要造反，便拉扯著船長的手、腳，結果被海浪吞噬溺死了。

日本資本家搭上了救生艇，但因身上的鈔票太重了，使得船上都浸滿了水，結果還是逃不掉溺死的命運。

中國人則向岸邊拚命地游，好不容易將靠近岸邊時，他看了看手錶上顯示著十二點半，正是午睡時間，他突然停止所有動作，結果也是溺死了。

人數

毛澤東主席就快死去之前的某日，他的親信突然臉色發青地跑進來。

「毛主席，麻煩大了。保加利亞指稱要向中國宣戰了。」親信說道。

毛主席看了看他便問道：「保加利亞有多少人？」

「六百萬人。」

「那他們能住哪個旅館啊？」毛澤東說道。

基督教與法西斯主義的差別

這是在墨索里尼統治義大利時人民暗地裡耳語的笑話。

「基督教與法西斯主義有什麼不同？」

「基督教的話，一個人會為一萬個人犧牲；而法西斯主義下，一萬個人得為一個人犧牲。」

裝腔作勢

在第二次世界大戰中被民衆虐殺的義大利法西斯主義運動創始者——墨索里尼到了天國時，拿破崙熱切地歡迎他的到來。

「等會兒你將會見到上帝。」拿破崙說道：「你是新來的，我得告訴你在見到上帝時，我們一定要起立迎接才行。」

「為什麼呢？」墨索里尼憤慨地說道：「要我起立啊，我可是個總統呢！」

「我是凱撒大帝，」突然傳來了別的聲音。「連我都得站著迎接上帝呢！」

「不，我才不站呢！」墨索里尼頑固地叫道。

接著，馬基雅維里走了過來，他說：

「各位請安靜點！我也得站著的呀！」

在聽到三聲莊嚴的敲擊聲後，大家都知道這表示上帝即將蒞臨了。

「注意哦！」馬基雅維里喊著道：「攝影師也會來哦！」

墨索里尼聽了立刻跳了起來，他拉長了下巴，抬頭挺胸並將手高高地舉起，靜靜地等待上帝的到來。

你真偉大

墨索里尼死後在天堂受到了熱烈的歡迎，那兒有上百萬的天使唱著歌讚美他；

並為他準備了王冠及巨大的寶座；他一看發現王冠及寶座都比上帝的還要大，這一切都不是墨索里尼預料中的事。

「到底為什麼呢？」他向上帝問道。

「你比我偉大，不是嗎？」上帝恭恭敬敬地回答他。「我只要你的國人每週絕食一天，你卻讓他們七天都不吃不喝；我給了他們信仰，你卻要他們全部放棄。」

畫家

這是在第二次大戰中，發生於納粹占領下的阿姆斯特丹這地方的事。

納粹士官們注意到走在街頭的荷蘭人，互相打招呼時說的是「嗨！林布蘭特！」，便懷疑他們是不是有意要嘲笑納粹強制規定的打招呼方式「嗨！希特勒！」

「你們為什麼這樣打招呼呢？」德國士兵叫住了一位荷蘭人向他詢問。

「我以為你會知道。」那男子回答。

「我們國家也有一位偉大的畫家啊！」

希特勒曾經立志要當畫家。

忠誠心

這是第一次大戰時的笑話。當時德軍占領了比利時的一個小鎮，德軍便將當地的所有市民召集在市公會堂中，下令他們發誓至死效忠德皇。

一位性情頑固不馴的居民拒絕這種強迫式的誓言，並且為比利時人勇敢抗戰勢力堅強的德軍而感到驕傲。

德軍士官無法忍受他的說辭，便斥怒地叫道：

「到底你要不要誓死效忠德皇，不要的話就槍決你。」

面對兩者擇其一的窘境，他終於屈服了，便發誓要效忠德皇。

「嗯，你的精神很好，」德國士官說道：「現在你自由了，你成了我們的一員了。」

他離去後，士官奸笑著說：

「這個比利時人就是故意要來反抗我們的。」

不講理

納粹強勢控制下的德國柏林，某日，有一名裁縫屋的猶太人被兩個蓋世太保（祕密警察）毆打；在一頓毒打後，蓋世太保逼問猶太人說：

「喂！猶太仔！我們德國在第二次世界大戰會輸是誰的錯？」

「是猶太人及賣糖果的人不對。」猶太人回答。

蓋世太保之一訝異地問道：「賣糖果的哪裡錯了？」

「那猶太人又有什麼錯呢？」

紳士流的血

第二次大戰時被英國俘虜的納粹德國士兵們，就算身負重傷也不願意接受英國醫生的治療。

傷勢漸惡化的士兵，因再也難耐病痛之苦，於是勉強地去找醫生；在治療期間，他感慨自己面對的不是優秀的德國醫生，便對英國醫生態度非常惡劣。治療一段時間之後，他對病痛完全喪失了鬥志。

「你不用再擔心。」醫生注意到他的心境，便鼓勵他說：「已經不要緊了。以後你可以成為更有禮貌的紳士了，因為現在你體內有三分之一流著猶太人的血。」

進退兩難

這是在第二次世界大戰時的趣事。由希特勒總統率領的納粹德國占領了法國，並對英國展開猛烈的空襲戰。

當時法國人組成反抗組織，在國內及國外作戰。法國名電影演員約翰・賈寵為央求美國協助反抗組織而前往紐約。

當他下船後即被記者重重包圍，其中一名記者追問賈寵針對法國人對英國人的態度發表意見。

「法國雖和英國共組聯合軍，但法國人有的偏袒英人，有的厭惡英人。」賈寵說明著。「偏袒英人的部隊每晚入睡前總是向上帝祈禱『上帝啊，請賜與那英勇的英人戰勝的力量吧！』」

「厭惡英人的部隊呢？」賈寵說道。「就祈禱著說『上帝啊！請賜與我們力量戰勝那無能的英人吧！』」

第十章　古代領導者

公平裁決

路易十五世在位時，某個貴族半開玩笑地竟把在屋頂上工作的工人給殺了。

結果路易十五世釋放了這位貴族，並揚言今後若有人殺這位貴族，也將省略一切的審問。

公私分明

命運悲慘的英國首相諾維爾·契巴連曾出席承認希特勒占領捷克的慕尼黑會議。

當會議結束正要返國的途中，希特勒對他說道：

「契巴連，你能不能將你的洋傘送給我作為占領的紀念呢？」

「不行！」以戴高帽撐洋傘為個人商標的典型英國紳士契巴連，拒絕了他的要求。

「但是，」希特勒強硬地說道：「但這件事對於我的威信具有重大的意義啊！我要求你把傘送給我！」

「很遺憾，你的要求我做不到。」契巴連再次拒絕他。

「我堅持我的要求！」

「你怎麼叫都沒用，」英國首相仍保持他的威嚴說道：「我希望你能瞭解，這把傘和捷克是不一樣的，它可是我自己的東西。我是不會讓給你的。」

過了兩世紀

曾任英國首相的諾斯在議會聆聽反對黨演說時，總會吩咐他身旁的隨從該起立時喚醒他，然後就入睡了。

某次在針對建造軍艦交換著意見時，一位議員竟從諾亞方舟起頭滔滔不絕地述說著船的歷史；當他說到西班牙建造無敵艦隊這一段時，薩‧葛雷叫醒沈睡中的首相，首相便詢問他演說到哪裡了。

「說到伊莉莎白王朝了。」薩‧葛雷答道。

「什麼？」首相說道：「你怎麼讓我睡了兩個世紀呢！」

鋼琴家

天才鋼琴家赫羅維茲首次被邀請至倫敦宮殿中表演時，當他彈奏完畢，首相便親自坐在鋼琴前演奏了一曲。赫羅維茲聆聽完曲子便問首相說：

「閣下，你也可以成為一個偉大的鋼琴家了！」

「我也知道，」首相說道：「很多人都懷恨著我怎麽不去當一個鋼琴家呢！」

來參觀的人

英國名宰相邱吉爾因看見大群的民衆前來聆聽他的演說而感到興奮，但又立刻覺悟地說：

「想一想大多數的人大概是想萬一我被送上斷頭台，他們正好可以參觀。」

毒舌

英國溫斯頓•邱吉爾首相以充滿機智的毒舌家聞名。某次他抨擊他的政敵說：

「那男人是個能把他小小的想法，用最大極限的語言表達出來的天才。」

毫無機會

這是發生在溫斯頓‧邱吉爾從保守黨轉向自民黨，改變其政治立場時的笑話。他這項舉動大大地令支持他的民衆感到憤慨。某次，一位年輕的貴夫人蠻橫地對邱吉爾說：

「邱吉爾先生，我對你有兩點不滿。」

「是什麼呢？」邱吉爾問道。

「是你發表的政見及你嘴角的鬍子。」

「夫人，」邱吉爾冷冷地回她道：「可是這兩者妳都沒接觸啊！」

政治界

「能否厤煩你，」說話輕率的貴夫人說道：「告訴我政治界有什麼動向，有什麼新聞。」

「真抱歉，夫人。」嚴肅的邱吉爾回答。「我今天還沒看報紙呢！」

孫子的近況

這是有關祖先的話題，林肯曾帶著笑說道：

「我不清楚我的祖父是個怎樣的人，但對於他的孫子變怎樣了倒是很感興趣。」

名與實

奴隸解放運動的代表團拜訪林肯總統，他們不管時機是否成熟，就逼迫著林肯宣佈解放奴隸。但林肯反駁地說，即使現在宣佈解放奴隸也是無法實行的。

「若姑且把尾巴稱做腳，」林肯向代表團說道：「那羊有幾隻腳呢？」

「五隻。」代表們回答。

「不對！你們錯了！」林肯說道：「縱使把尾巴稱做腳，羊還是不可能有五隻腳的。」

主角

這是發生在林肯赴哥提斯巴克留下不朽的演說時的趣事。當時富萊將軍熱切地催促林肯時，林肯說道：

「不知怎麼搞的，我覺得自己像是家鄉那個叫伊力諾的罪犯，他已經被送上斷頭台了。當他要被送往斷頭台時，因道路擠滿了想看熱鬧的人而動彈不得，他終於忍不住地叫道：『喂！各位！你們這樣爭先恐後幹嘛？我過不去的話你們要看什麼呢？』」

署名者

林肯在簽署解放奴隸宣言時，他從輔佐官雪瓦多手上接過筆來，沾了沾墨水後他卻不立即簽名而放下了筆。他吸了口氣再次想提筆簽名，但同樣又把筆放下，然後急躁地對雪瓦多說道：

「等一下再簽吧！不知怎麼回事手從早上就開始一直發抖，這份宣言一定會成為歷史的，若我簽名時發抖的話，後世的人看到這份宣言上的簽名，一定會說『林肯在簽署這份宣言時還猶豫不決呢』，被說的人可不是你！」

對了一半

建國以來，白宮一直持續舉辦園遊會招待人，邀請的客人很多，有文化功勞者、學者、當然還有名人、地方村落的代表。

就是現在，被招待的客人總是重重圍住總統，跟他握手、講話；而在一百二十多年前林肯時代，總統就像上帝一樣偉大，單單看到總統就很了不起了。

當時被招待的客人得排成一列，在SP嚴謹的監視下被帶領到總統面前，但不允許和總統說話、握手。

某次，客人之中有位遠到的客人，他因無法和總統握手而感到失望，他經過總統面前時，揮著帽子對總統叫道：「總統，我是從坎薩斯來的，我們那裡的人都相信上帝與林肯拯救了這個國家。」

總統聽了揮手笑道：「朋友，你們相信的事只有一半是對的。」

理所當然的事

前來白宮訪問的客人看見林肯在地下倉庫刷鞋子，心想身為美利堅合衆國的總統竟在做這種事，他驚訝地叫道：

「怎麼回事啊！總統！怎麼在擦自己的鞋呢？」

「不然我要擦別人的鞋嗎？」總統回答。

那我來

林肯的手下收到了許多觸犯軍紀士兵寄來的信，都希望林肯能赦免他們的罪；而這類的信都會附上議員或其他具影響力的人寫的辯護書。

某日，一封信被送到林肯手上，這封信和往常一樣是有關士兵投訴的內容，但卻未附上有力的辯護書。

「這是什麼原因呢？」總統深感意外地說。「這名男子沒有朋友嗎？」

「好像是哦！」輔佐官回答。「只有他本人來，沒有別人。」

「這樣嗎？」林肯點頭說道。「那麼我來當他的朋友好了。」

確實的事

艾伯拉哈姆・林肯若生在今日，大概就不必為了受教育受那麼多苦了吧！他要拿到獎學金就像成為排球隊的中鋒一樣穩當。

不自由毋寧死

美國獨立宣言的署名者之一阿契鮑德・拉多雷奇說道：「我小時候住在卡羅拉那的鄉間，那時都穿著木屐捉野生動物，有一次我發現雪松樹上有隻模倣鳥發出奇怪的聲音，我感到非常好奇，便決定捉到這隻雛鳥。於是我便抱著這隻歌手回家了。翌日，我看到母鳥為小鳥送來了餌，令我感到非常不可思議；我在想應該可以查清楚為什麼母鳥會送食物給雛鳥的原因，於是我開始翻書研究。

又隔天早晨，我那可愛的小鳥竟死在籠子裡，我永遠都無法忘了這件事。過了很久之後，我偶爾遇見了有名的鳥類學者阿薩・威伊，便述說這個往事給他聽。阿薩聽畢即言道：『模倣鳥的母親拿有毒的果實給被關在籠子裡的雛鳥吃是很平常的，她認為與其讓自己的所愛活著被囚禁，不如讓牠死了好。』」

狠毒的話

某前總統被邀在畢業典禮上致辭。典禮完後，前總統同大學的任職者們共進午餐，用畢，前總統把院長夫人的披肩還給她並說道：「這你自己拿比較好，我拿這東西搞不好會被人以為是偷來的。」

夫人聽了微笑道：「您好像常常喜歡說狠毒的話哦！」

「夫人，」前總統說道：「我就是個經常愛說毒話的人，因為就如同你所知道的，我還幹過美國總統呢！」

墓誌銘

湯瑪斯・詹法遜在自己的墓碑上這樣寫著：

「湯瑪斯・詹法遜長眠於此。曾是美國獨立宣言的起草者、規定宗教自由之維吉尼亞州法的制定者，亦是維吉尼亞大學的創立者。」

他卻無視於自己曾是美利堅合衆國總統這件事。

半途而廢

庫利基在競選總統時，曾前往中西部的小村鎮去演說，當他下了專車排列廣場上聚集的人們後，立刻又返回車中。

新聞記者跟在後面詢問他退縮的理由，庫利基說道：「那樣的人數，說說小故事嫌太多人，大演說一番又嫌太少了。」

不需建銅像

羅馬政治家卡多看了尼可、夏克西都建了銅像而說道：「與其建個銅像，我還比較喜歡人們說——怎麽沒有卡多的銅像呢？」

大展出版社有限公司　圖書目錄

地址：台北市北投區11204
致遠一路二段12巷1號
郵撥： 0166955～1

電話：(02) 8236031
8236033
傳眞：(02) 8272069

•法律專欄連載•電腦編號58

台大法學院　法律學系／策劃
法律服務社／編著

①別讓您的權利睡著了[1]	180元
②別讓您的權利睡著了[2]	180元

•婦 幼 天 地•電腦編號16

①八萬人減肥成果	黃靜香譯	150元
②三分鐘減肥體操	楊鴻儒譯	130元
③窈窕淑女美髮秘訣	柯素娥譯	130元
④使妳更迷人	成　玉譯	130元
⑤女性的更年期	官舒姸編譯	130元
⑥胎內育兒法	李玉瓊編譯	120元
⑦愛與學習	蕭京凌編譯	120元
⑧初次懷孕與生產	婦幼天地編譯組	180元
⑨初次育兒12個月	婦幼天地編譯組	180元
⑩斷乳食與幼兒食	婦幼天地編譯組	180元
⑪培養幼兒能力與性向	婦幼天地編譯組	180元
⑫培養幼兒創造力的玩具與遊戲	婦幼天地編譯組	180元
⑬幼兒的症狀與疾病	婦幼天地編譯組	180元
⑭腿部苗條健美法	婦幼天地編譯組	150元
⑮女性腰痛別忽視	婦幼天地編譯組	130元
⑯舒展身心體操術	李玉瓊編譯	130元
⑰三分鐘臉部體操	趙薇妮著	120元
⑱生動的笑容表情術	趙薇妮著	120元
⑲心曠神怡減肥法	川津祐介著	130元
⑳內衣使妳更美麗	陳玄茹譯	130元

•青 春 天 地•電腦編號17

①A血型與星座	柯素娥編譯	120元

②B血型與星座	柯素娥編譯	120元
③O血型與星座	柯素娥編譯	120元
④AB血型與星座	柯素娥編譯	120元
⑤青春期性教室	呂貴嵐編譯	130元
⑥事半功倍讀書法	王毅希編譯	130元
⑦難解數學破題	宋釗宜編譯	130元
⑧速算解題技巧	宋釗宜編譯	130元
⑨小論文寫作秘訣	林顯茂編譯	120元
⑩視力恢復！超速讀術	江錦雲譯	130元
⑪中學生野外遊戲	熊谷康編著	120元
⑫恐怖極短篇	柯素娥編譯	130元
⑬恐怖夜話	小毛驢編譯	130元
⑭恐怖幽默短篇	小毛驢編譯	120元
⑮黑色幽默短篇	小毛驢編譯	120元
⑯靈異怪談	小毛驢編譯	130元
⑰錯覺遊戲	小毛驢編譯	130元
⑱整人遊戲	小毛驢編譯	120元
⑲有趣的超常識	柯素娥編譯	130元
⑳哦！原來如此	林慶旺編譯	130元
㉑趣味競賽100種	劉名揚編譯	120元
㉒數學謎題入門	宋釗宜編譯	150元
㉓數學謎題解析	宋釗宜編譯	150元
㉔透視男女心理	林慶旺編譯	120元
㉕少女情懷的自白	李桂蘭編譯	120元
㉖由兄弟姊妹看命運	李玉瓊編譯	130元
㉗趣味的科學魔術	林慶旺編譯	150元
㉘趣味的心理實驗室	李燕玲編譯	150元
㉙愛與性心理測驗	小毛驢編譯	130元
㉚刑案推理解謎	小毛驢編譯	130元
㉛偵探常識推理	小毛驢編繹	130元

・健 康 天 地・電腦編號18

①壓力的預防與治療	柯素娥編譯	130元
②超科學氣的魔力	柯素娥編譯	130元
③尿療法治病的神奇	中尾良一著	130元
④鐵證如山的尿療法奇蹟	廖玉山譯	120元
⑤一日斷食健康法	葉慈容編譯	120元
⑥胃部強健法	陳炳崑譯	120元
⑦癌症早期檢查法	廖松濤譯	130元

⑧老人痴呆症防止法	柯素娥編譯	130元
⑨松葉汁健康飲料	陳麗芬編譯	130元

•超現實心理講座•電腦編號22

①超意識覺醒法	詹蔚芬編譯	130元
②護摩秘法與人生	劉名揚編譯	130元
③秘法！超級仙術入門	陸　明譯	150元

•心 靈 雅 集•電腦編號00

①禪言佛語看人生	松濤弘道著	150元
②禪密教的奧秘	葉逯謙譯	120元
③觀音大法力	田口日勝著	120元
④觀音法力的大功德	田口日勝著	120元
⑤達摩禪106智慧	劉華亭編譯	150元
⑥有趣的佛教研究	葉逯謙編譯	120元
⑦夢的開運法	蕭京凌譯	130元
⑧禪學智慧	柯素娥編譯	130元
⑨女性佛教入門	許俐萍譯	110元
⑩佛像小百科	心靈雅集編譯組	130元
⑪佛教小百科趣談	心靈雅集編譯組	120元
⑫佛教小百科漫談	心靈雅集編譯組	150元
⑬佛教知識小百科	心靈雅集編譯組	150元
⑭佛學名言智慧	松濤弘道著	180元
⑮釋迦名言智慧	松濤弘道著	180元
⑯活人禪	平田精耕著	120元
⑰坐禪入門	柯素娥編譯	120元
⑱現代禪悟	柯素娥編譯	130元
⑲道元禪師語錄	心靈雅集編譯組	130元
⑳佛學經典指南	心靈雅集編譯組	130元
㉑何謂「生」　阿含經	心靈雅集編譯組	130元
㉒一切皆空　般若心經	心靈雅集編譯組	130元
㉓超越迷惘　法句經	心靈雅集編譯組	130元
㉔開拓宇宙觀　華嚴經	心靈雅集編譯組	130元
㉕真實之道　法華經	心靈雅集編譯組	130元
㉖自由自在　涅槃經	心靈雅集編譯組	130元
㉗沈默的教示　維摩經	心靈雅集編譯組	130元
㉘開通心眼　佛語佛戒	心靈雅集編譯組	130元
㉙揭秘寶庫　密教經典	心靈雅集編譯組	130元
㉚坐禪與養生	廖松濤譯	110元

㉛釋尊十戒	柯素娥編譯	120元
㉜佛法與神通	劉欣如編著	120元
㉝悟（正法眼藏的世界）	柯素娥編譯	120元
㉞只管打坐	劉欣如編譯	120元
㉟喬答摩・佛陀傳	劉欣如編著	120元
㊱唐玄奘留學記	劉欣如編譯	120元
㊲佛教的人生觀	劉欣如編譯	110元
㊳無門關（上卷）	心靈雅集編譯組	150元
㊴無門關（下卷）	心靈雅集編譯組	150元
㊵業的思想	劉欣如編著	130元
㊶		

・經 營 管 理・電腦編號01

◎創新經營管理六十六大計（精）	蔡弘文編	780元
①如何獲取生意情報	蘇燕謀譯	110元
②經濟常識問答	蘇燕謀譯	130元
③股票致富68秘訣	簡文祥譯	100元
④台灣商戰風雲錄	陳中雄著	120元
⑤推銷大王秘錄	原一平著	100元
⑥新創意・賺大錢	王家成譯	90元
⑦工廠管理新手法	琪 輝著	120元
⑧奇蹟推銷術	蘇燕謀譯	100元
⑨經營參謀	柯順隆譯	120元
⑩美國實業24小時	柯順隆譯	80元
⑪撼動人心的推銷法	原一平著	120元
⑫高竿經營法	蔡弘文編	120元
⑬如何掌握顧客	柯順隆譯	150元
⑭一等一賺錢策略	蔡弘文編	120元
⑮世界經濟戰爭	約翰・渥洛諾夫著	120元
⑯成功經營妙方	鐘文訓著	120元
⑰一流的管理	蔡弘文編	150元
⑱外國人看中韓經濟	劉華亭譯	150元
⑲企業不良幹部群相	琪輝編著	120元
⑳突破商場人際學	林振輝編著	90元
㉑無中生有術	琪輝編著	140元
㉒如何使女人打開錢包	林振輝編著	100元
㉓操縱上司術	邑井操著	90元
㉔小公司經營策略	王嘉誠著	100元
㉕成功的會議技巧	鐘文訓編譯	100元
㉖新時代老闆學	黃柏松編著	100元

㉗如何創造商場智囊團	林振輝編譯	150元
㉘十分鐘推銷術	林振輝編譯	120元
㉙五分鐘育才	黃柏松編譯	100元
㉚成功商場戰術	陸明編譯	100元
㉛商場談話技巧	劉華亭編譯	120元
㉜企業帝王學	鐘文訓譯	90元
㉝自我經濟學	廖松濤編譯	100元
㉞一流的經營	陶田生編著	120元
㉟女性職員管理術	王昭國編譯	120元
㊱ＩＢＭ的人事管理	鐘文訓編譯	150元
㊲現代電腦常識	王昭國編譯	150元
㊳電腦管理的危機	鐘文訓編譯	120元
㊴如何發揮廣告效果	王昭國編譯	150元
㊵最新管理技巧	王昭國編譯	150元
㊶一流推銷術	廖松濤編譯	120元
㊷包裝與促銷技巧	王昭國編譯	130元
㊸企業王國指揮塔	松下幸之助著	120元
㊹企業精銳兵團	松下幸之助著	120元
㊺企業人事管理	松下幸之助著	100元
㊻華僑經商致富術	廖松濤編譯	130元
㊼豐田式銷售技巧	廖松濤編譯	120元
㊽如何掌握銷售技巧	王昭國編著	130元
㊾一分鐘推銷員	廖松濤譯	90元
㊿洞燭機先的經營	鐘文訓編譯	150元
51ＩＢＭ成功商法	巴克・羅傑斯著	130元
52新世紀的服務業	鐘文訓編譯	100元
53成功的領導者	廖松濤編譯	120元
54女推銷員成功術	李玉瓊編譯	130元
55ＩＢＭ人才培育術	鐘文訓編譯	100元
56企業人自我突破法	黃琪輝編著	150元
57超級經理人	羅拔・海勒著	100元
58財富開發術	蔡弘文編著	130元
59成功的店舖設計	鐘文訓編著	150元
60靈巧者成功術	鐘文訓編譯	150元
61企管回春法	蔡弘文編著	130元
62小企業經營指南	鐘文訓編譯	100元
63商場致勝名言	鐘文訓編譯	150元
64迎接商業新時代	廖松濤編譯	100元
65透視日本企業管理	廖松濤　譯	100元
66新手股票投資入門	何朝乾　編	150元
67上揚股與下跌股	何朝乾編譯	150元

⑥⑧股票速成學	何朝乾編譯	180元
⑥⑨理財與股票投資策略	黃俊豪編著	180元
⑦⓪黃金投資策略	黃俊豪編著	180元
⑦①厚黑管理學	廖松濤編譯	180元
⑦②股市致勝格言	呂梅莎編譯	180元
⑦③透視西武集團	林谷燁編譯	150元
⑦④推銷改變我的一生	柯素娥　譯	120元
⑦⑤推銷始於被拒　暻	盧媚琨　譯	120元
⑦⑥巡迴行銷術	陳蒼杰譯	150元
⑦⑦推銷的魔術	王嘉誠譯	120元
⑦⑧60秒指導部屬	周蓮芬編譯	150元
⑦⑨精銳女推銷員特訓	李玉瓊編譯	130元
⑧⓪企劃、提案、報告圖表的技巧	鄭　汶　譯	180元
⑧①海外不動產投資	許達守編譯	150元
⑧②八百伴的世界策略	李玉瓊譯	150元
⑧③服務業品質管理	吳宜芬譯	180元
⑧④零庫存銷售	黃東謙編譯	150元
⑧⑤三分鐘推銷管理	劉名揚編譯	150元
⑧⑥推銷大王奮鬥史	原一平著	150元
⑧⑦豐田汽車的生產管理	林谷燁編譯	元

・成功寶庫・ 電腦編號02

①上班族交際術	江森滋著	100元
②拍馬屁訣竅	廖玉山編譯	110元
③一分鐘適應法	林曉陽譯	90元
④聽話的藝術	歐陽輝編譯	110元
⑤人心透視術	多湖輝著	100元
⑥克服逆境的智慧	廖松濤　譯	100元
⑦不可思議的人性心理	多湖輝　著	120元
⑧成功的人生哲學	劉明和　譯	120元
⑨求職轉業成功術	陳　義編著	110元
⑩上班族禮儀	廖玉山編著	120元
⑪接近心理學	李玉瓊編著	100元
⑫創造自信的新人生	廖松濤編著	120元
⑬卡耐基的人生指南	林曉鐘編譯	120元
⑭上班族如何出人頭地	廖松濤編著	100元
⑮神奇瞬間瞑想法	廖松濤編譯	100元
⑯人生成功之鑰	楊意苓編著	150元
⑰當一個享受成功的人	戴恆雄編著	100元
⑱潛在心理術	多湖輝　著	100元

⑲給企業人的諍言	鐘文訓編著	120元
⑳企業家自律訓練法	陳　義編譯	100元
㉑上班族妖怪學	廖松濤編著	100元
㉒猶太人縱橫世界的奇蹟	孟佑政編著	110元
㉓訪問推銷術	黃靜香編著	130元
㉔改運的秘訣	吳秀美　譯	120元
㉕你是上班族中強者	嚴思圖編著	100元
㉖向失敗挑戰	黃靜香編著	100元
㉗成功心理學	陳蒼杰　譯	100元
㉘墨菲成功定律	吳秀美　譯	130元
㉙機智應對術	李玉瓊編著	130元
㉚成功頓悟100則	蕭京凌編譯	130元
㉛掌握好運100則	蕭京凌編譯	110元
㉜知性幽默	李玉瓊編譯	130元
㉝熟記對方絕招	黃靜香編譯	100元
㉞男性成功秘訣	陳蒼杰編譯	130元
㉟超越巔峯者	C・加菲爾德著	130元
㊱業務員成功秘方	李玉瓊編著	120元
㊲察言觀色的技巧	劉華亭編著	130元
㊳一流領導力	施義彥編譯	120元
㊴一流說服力	李玉瓊編著	130元
㊵30秒鐘推銷術	廖松濤編譯	120元
㊶猶太成功商法	周蓮芬編譯	120元
㊷尖端時代行銷策略	陳蒼杰編著	100元
㊸顧客管理學	廖松濤編著	100元
㊹如何使對方說Yes	程　羲編著	150元
㊺如何提高工作效率	劉華亭編著	150元
㊻企業戰術必勝法	黃靜香編著	130元
㊼上班族口才學	楊鴻儒譯	120元
㊽上班族新鮮人須知	程　羲編著	120元
㊾如何左右逢源	程　羲編著	130元
㊿語言的心理戰	多湖輝著	130元
(51)扣人心弦演說術	劉名揚編著	120元
(52)八面玲瓏成功術	陳　羲譯	130元
(53)如何增進記憶力、集中力	廖松濤譯	130元
(54)頂尖領導人物	陳蒼杰譯	120元
(55)性惡企業管理學	陳蒼杰譯	130元
(56)自我啟發200招	楊鴻儒編著	150元
(57)做個傑出女職員	劉名揚編著	130元
(58)靈活的集團營運術	楊鴻儒編著	120元
(59)必勝交涉強化法	陳蒼杰譯	120元

⑥⓪個案研究活用法	楊鴻儒編著	130元
⑥①企業教育訓練遊戲	楊鴻儒編著	120元
⑥②管理者的智慧	程　義編譯	130元
⑥③做個佼佼管理者	馬筱莉編譯	130元
⑥④智慧型說話技巧	沈永嘉編譯	130元
⑥⑤歌德人生箴言	沈永嘉編譯	150元
⑥⑥活用佛學於經營	松濤弘道著	150元
⑥⑦活用禪學於企業	柯素娥編譯	130元
⑥⑧詭辯的智慧	沈永嘉編譯	130元
⑥⑨幽默詭辯術	廖玉山編譯	130元
⑦⓪拿破崙智慧箴言	柯素娥編譯	130元
⑦①自我培育・超越	蕭京凌編譯	150元
⑦②深層心理術	多湖輝著	130元
⑦③深層語言術	多湖輝著	130元
⑦④時間即一切	沈永嘉編譯	130元
⑦⑤自我脫胎換骨	柯素娥譯	150元
⑦⑥贏在起跑點—人才培育鐵則	楊鴻儒編譯	150元
⑦⑦做一枚活棋	李玉瓊編譯	130元
⑦⑧面試成功戰略	柯素娥編譯	130元
⑦⑨自我介紹與社交禮儀	柯素娥編譯	130元
⑧⓪說NO的技巧	廖玉山編譯	130元
⑧①瞬間攻破心防法	廖玉山編譯	120元
⑧②改變一生的名言	李玉瓊編譯	130元
⑧③性格性向創前程	楊鴻儒編譯	130元
⑧④訪問行銷新竅門	廖玉山編譯	150元
⑧⑤無所不達的推銷話術	李玉瓊編譯	150元

・處世智慧・電腦編號03

①如何改變你自己	陸明編譯	90元
②人性心理陷阱	多湖輝著	90元
③面對面的心理戰術	多湖輝著	90元
④幽默說話術	林振輝編譯	120元
⑤讀書36計	黃柏松編譯	110元
⑥靈感成功術	譚繼山編譯	80元
⑦如何使人對你好感	張文志譯	110元
⑧扭轉一生的五分鐘	黃柏松編譯	100元
⑨知人、知面、知其心	林振輝譯	110元
⑩現代人的詭計	林振輝譯	100元
⑪怎樣突破人性弱點	摩　根著	90元
⑫如何利用你的時間	蘇遠謀譯	80元

⑬口才必勝術	黃柏松編譯	120元
⑭女性的智慧	譚繼山編譯	90元
⑮如何突破孤獨	張文志編譯	80元
⑯人生的體驗	陸明編譯	80元
⑰微笑社交術	張芳明譯	90元
⑱幽默吹牛術	金子登著	90元
⑲攻心說服術	多湖輝著	100元
⑳當機立斷	陸明編譯	70元
㉑勝利者的戰略	宋恩臨編譯	80元
㉒如何交朋友	安紀芳編著	70元
㉓鬥智奇謀（諸葛孔明兵法）	陳炳崑著	70元
㉔慧心良言	亦　奇著	80元
㉕名家慧語	蔡逸鴻主編	90元
㉖金色的人生	皮爾著	80元
㉗稱霸者啟示金言	黃柏松編譯	90元
㉘如何發揮你的潛能	陸明編譯	90元
㉙女人身態語言學	李常傳譯	100元
㉚摸透女人心	張文志譯	90元
㉛現代戀愛秘訣	王家成譯	70元
㉜給女人的悄悄話	妮倩編譯	90元
㉝行為語言的奧秘	歆夫編譯	110元
㉞如何開拓快樂人生	陸明編譯	90元
㉟驚人時間活用法	鐘文訓譯	80元
㊱成功的捷徑	鐘文訓譯	70元
㊲幽默逗笑術	林振輝著	120元
㊳活用血型讀書法	陳炳崑譯	80元
㊴心　燈	葉于模著	100元
㊵當心受騙	林顯茂譯	90元
㊶心・體・命運	蘇燕謀譯	70元
㊷如何使頭腦更敏銳	陸明編譯	70元
㊸宮本武藏五輪書金言錄	宮本武藏著	100元
㊹厚黑說服術	多湖輝著	90元
㊺勇者的智慧	黃柏松編譯	80元
㊻善意的心理騙術	多湖輝著	75元
㊼成熟的愛	林振輝譯	120元
㊽現代女性駕馭術	蔡德華著	90元
㊾禁忌遊戲	酒井潔著	90元
㊿自我表現術	多湖輝著	100元
51女性的魅力・年齡	廖玉山譯	90元
52摸透男人心	劉華亭編譯	80元
53如何達成願望	謝世輝著	90元

㊿④創造奇蹟的「想念法」	謝世輝著	90元
⑤⑤創造成功奇蹟	謝世輝著	90元
⑤⑥男女幽默趣典	劉華亭譯	90元
⑤⑦幻想與成功	廖松濤譯	80元
⑤⑧反派角色的啟示	廖松濤編譯	70元
⑤⑨現代女性須知	劉華亭編著	75元
⑥⓪一分鐘記憶術	廖玉山譯	90元
⑥①機智說話術	劉華亭編譯	100元
⑥②如何突破內向	姜倩怡編譯	110元
⑥③扭轉自我的信念	黃　翔編譯	100元
⑥④讀心術入門	王家成編譯	100元
⑥⑤如何解除內心壓力	林美羽編著	110元
⑥⑥取信於人的技巧	多湖輝著	110元
⑥⑦如何培養堅強的自我	林美羽編著	90元
⑥⑧自我能力的開拓	卓一凡編著	110元
⑥⑨求職的藝術	吳秀美編譯	100元
⑦⓪縱橫交涉術	嚴思圖編著	90元
⑦①如何培養妳的魅力	劉文珊編著	90元
⑦②魅力的力量	姜倩怡編著	90元
⑦③金錢心理學	多湖輝著	100元
⑦④語言的圈套	多湖輝著	110元
⑦⑤個性膽怯者的成功術	廖松濤編譯	100元
⑦⑥人性的光輝	文可式編著	90元
⑦⑦如何建立自信心	諾曼・比爾著	90元
⑦⑧驚人的速讀術	鐘文訓編譯	90元
⑦⑨培養靈敏頭腦秘訣	廖玉山編著	90元
⑧⓪夜晚心理術	鄭秀美編譯	80元
⑧①如何做個成熟的女性	李玉瓊編著	80元
⑧②現代女性成功術	劉文珊編著	90元
⑧③成功說話技巧	梁惠珠編譯	100元
⑧④人生的真諦	鐘文訓編譯	100元
⑧⑤妳是人見人愛的女孩	廖松濤編著	120元
⑧⑥精神緊張速解法	F・查爾斯著	90元
⑧⑦指尖・頭腦體操	蕭京凌編譯	90元
⑧⑧電話應對禮儀	蕭京凌編著	90元
⑧⑨自我表現的威力	廖松濤編譯	100元
⑨⓪名人名語啟示錄	喬家楓編著	100元
⑨①男與女的哲思	程鐘梅編譯	110元
⑨②靈思慧語	牧　風著	110元
⑨③心靈夜語	牧　風著	100元
⑨④激盪腦力訓練	廖松濤編譯	100元

㊿95三分鐘頭腦活性法	廖玉山編譯	110元
96星期一的智慧	廖玉山編譯	100元
97溝通說服術	賴文琇編譯	100元
98超速讀超記憶法	廖松濤編譯	120元

•健康與美容•電腦編號04

①B型肝炎預防與治療	曾慧琪譯	130元
②胃部強健法	陳炳崑譯	90元
③媚酒傳（中國王朝秘酒）	陸明主編	120元
④藥酒與健康果菜汁	成玉主編	150元
⑤中國回春健康術	蔡一藩著	100元
⑥奇蹟的斷食療法	蘇燕謀譯	110元
⑦中國內功健康法	張惠珠著	100元
⑧健美食物法	陳炳崑譯	120元
⑨驚異的漢方療法	唐龍編著	90元
⑩不老強精食	唐龍編著	100元
⑪經脈美容法	月乃桂子著	90元
⑫五分鐘跳繩健身法	蘇明達譯	100元
⑬睡眠健康法	王家成譯	80元
⑭你就是名醫	張芳明譯	90元
⑮如何保護你的眼睛	蘇燕謀譯	70元
⑯自我指壓術	今井義晴著	120元
⑰室內身體鍛鍊法	陳炳崑譯	100元
⑱飲酒健康法	J・亞當姆斯著	100元
⑲釋迦長壽健康法	譚繼山譯	90元
⑳腳部按摩健康法	譚繼山譯	120元
㉑自律健康法	蘇明達譯	90元
㉒最新瑜伽自習	蘇燕謀譯	180元
㉓身心保健座右銘	張仁福著	160元
㉔腦中風家庭看護與運動治療	林振輝譯	100元
㉕秘傳醫學人相術	成玉主編	120元
㉖導引術入門(1)治療慢性病	成玉主編	110元
㉗導引術入門(2)健康・美容	成玉主編	110元
㉘導引術入門(3)身心健康法	成玉主編	110元
㉙妙用靈藥・蘆薈	李常傳譯	90元
㉚萬病回春百科	吳通華著	150元
㉛初次懷孕的10個月	成玉編譯	100元
㉜中國秘傳氣功治百病	陳炳崑編譯	130元
㉝蘆薈治萬病	李常傳譯	〈售缺〉
㉞仙人成仙術	陸明編譯	100元

㉟仙人長生不老學	陸明編譯	100元
㊱釋迦秘傳米粒刺激法	鐘文訓譯	120元
㊲痔・治療與預防	陸明編譯	130元
㊳自我防身絕技	陳炳崑編譯	120元
㊴運動不足時疲勞消除法	廖松濤譯	110元
㊵三溫暖健康法	鐘文訓編譯	90元
・㊶癌症早期檢查法	廖松濤譯	120元
㊷維他命C新效果	鐘文訓譯	90元
㊸維他命與健康	鐘文訓譯	120元
・㊹秘法！超級仙術入門	陸明編譯	100元
㊺森林浴—綠的健康法	劉華亭編譯	80元
㊻四季色彩美容學	吳秀美譯	120元
㊼導引術入門(4)酒浴健康法	成玉主編	90元
㊽導引術入門(5)不老回春法	成玉主編	90元
㊾山白竹（劍竹）健康法	鐘文訓譯	90元
㊿解救你的心臟	鐘文訓編譯	100元
51牙齒保健法	廖玉山譯	90元
52超人氣功法	陸明編譯	110元
53超能力秘密開發法	廖松濤譯	80元
54借力的奇蹟(1)	力拔山著	100元
55借力的奇蹟(2)	力拔山著	100元
56五分鐘小睡健康法	呂添發撰	100元
57禿髮、白髮預防與治療	陳炳崑撰	100元
58吃出健康藥膳	劉大器著	100元
59艾草健康法	張汝明編譯	90元
60一分鐘健康診斷	蕭京凌編譯	90元
61念術入門	黃靜香編譯	90元
62念術健康法	黃靜香編譯	90元
63健身回春法	梁惠珠編譯	100元
64姿勢養生法	黃秀娟編譯	90元
65仙人瞑想法	鐘文訓譯	120元
66人蔘的神效	林慶旺譯	100元
67奇穴治百病	吳通華著	120元
68中國傳統健康法	靳海東著	100元
69下半身減肥法	納他夏・史達賓著	110元
70使妳的肌膚更亮麗	楊　皓編譯	100元
71酵素健康法	楊　皓編譯	120元
72做一個快樂的病人	吳秀美譯	100元
73腰痛預防與治療	五味雅吉著	100元
74如何預防心臟病・腦中風	譚定長等著	100元
75少女的生理秘密	蕭京凌譯	120元

⑯頭部按摩與針灸	楊鴻儒譯	100元
⑰雙極療術入門	林聖道著	100元
⑱氣功自療法	梁景蓮著	100元
⑲大蒜健康法	李玉瓊編譯	100元
⑳紅蘿蔔汁斷食療法	李玉瓊譯	100元
㉑健胸美容秘訣	黃靜香譯	100元
㉒鍺奇蹟療效	林宏儒譯	120元
㉓三分鐘健身運動	廖玉山譯	120元
㉔尿療法的奇蹟	廖玉山譯	120元
㉕神奇的聚積療法	廖玉山譯	120元
㉖預防運動傷害伸展體操	楊鴻儒編譯	120元
㉗糖尿病預防與治療	石莉涓譯	150元
㉘五日就能改變你	柯素娥譯	110元
㉙三分鐘氣功健康法	陳美華譯	120元
㉚痛風劇痛消除法	余昇凌譯	120元
㉛道家氣功術	早島正雄著	130元
㉜氣功減肥術	早島正雄著	120元
㉝超能力氣功法	柯素娥譯	130元
㉞氣的瞑想法	早島正雄著	120元

・家庭／生活・電腦編號05

①單身女郎生活經驗談	廖玉山編著	100元
②血型・人際關係	黃靜編著	120元
③血型・妻子	黃靜編著	110元
④血型・丈夫	廖玉山編譯	130元
⑤血型・升學考試	沈永嘉編譯	120元
⑥血型・臉型・愛情	鐘文訓編譯	120元
⑦現代社交須知	廖松濤編譯	100元
⑧簡易家庭按摩	鐘文訓編譯	150元
⑨圖解家庭看護	廖玉山編譯	120元
⑩生男育女隨心所欲	岡正基編著	120元
⑪家庭急救治療法	鐘文訓編著	100元
⑫新孕婦體操	林曉鐘譯	120元
⑬從食物改變個性	廖玉山編譯	100元
⑭職業婦女的衣著	吳秀美編譯	120元
⑮成功的穿著	吳秀美編譯	120元
⑯現代人的婚姻危機	黃　靜編著	90元
⑰親子遊戲　0歲	林慶旺編譯	100元
⑱親子遊戲　1～2歲	林慶旺編譯	110元
⑲親子遊戲　3歲	林慶旺編譯	100元

⑳女性醫學新知	林曉鐘編譯	130元
㉑媽媽與嬰兒	張汝明編譯	150元
㉒生活智慧百科	黃　靜編譯	100元
㉓手相・健康・你	林曉鐘編譯	120元
㉔菜食與健康	張汝明編譯	110元
㉕家庭素食料理	陳東達著	100元
㉖性能力活用秘法	米開・尼里著	130元
㉗兩性之間	林慶旺編譯	120元
㉘性感經穴健康法	蕭京凌編譯	110元
㉙幼兒推拿健康法	蕭京凌編譯	100元
㉚談中國料理	丁秀山編著	100元
㉛舌技入門	增田豐　著	130元
㉜預防癌症的飲食法	黃靜香編譯	120元
㉝性與健康寶典	黃靜香編譯	180元
㉞正確避孕法	蕭京凌編譯	130元
㉟吃的更漂亮美容食譜	楊萬里著	120元
㊱圖解交際舞速成	鐘文訓編譯	150元
㊲觀相導引術	沈永嘉譯	130元
㊳初為人母12個月	陳義譯	130元
㊴圖解麻將入門	顧安行編譯	130元
㊵麻將必勝秘訣	石利夫編譯	130元
㊶女性一生與漢方	蕭京凌編譯	100元
㊷家電的使用與修護	鐘文訓編譯	130元
㊸錯誤的家庭醫療法	鐘文訓編譯	100元
㊹簡易防身術	陳慧珍編譯	130元
㊺茶健康法	鐘文訓編譯	130元
㊻如何與子女談性	黃靜香譯	100元
㊼生活的藝術	沈永嘉編著	120元
㊽雜草雜果健康法	沈永嘉編著	120元
㊾如何選擇理想妻子	荒谷慈著	110元
㊿如何選擇理想丈夫	荒谷慈著	110元
51中國食與性的智慧	根本光人著	150元
52開運法話	陳宏男譯	100元
53禪語經典<上>	平田精耕著	150元
54禪語經典<下>	平田精耕著	150元
55手掌按摩健康法	鐘文訓譯	150元
56脚底按摩健康法	鐘文訓譯	150元
57仙道運氣健身法	高藤聰一郎著	150元
58健心、健體呼吸法	蕭京凌譯	120元
59自彊術入門	蕭京凌譯	120元
60指技入門	增田豐著	130元

⑥①下半身鍛鍊法	增田豐著	150元
⑥②表象式學舞法	黃靜香編譯	180元
⑥③圖解家庭瑜伽	鐘文訓譯	130元
⑥④食物治療寶典	黃靜香編譯	130元
⑥⑤智障兒保育入門	楊鴻儒譯	130元
⑥⑥自閉兒童指導入門	楊鴻儒譯	150元
⑥⑦乳癌發現與治療	黃靜香譯	130元
⑥⑧盆栽培養與欣賞	廖啟新編譯	150元
⑥⑨世界手語入門	蕭京凌編譯	150元
⑦⓪賽馬必勝法	李錦雀編譯	200元
⑦①中藥健康粥	蕭京凌編譯	120元
⑦②健康食品指南	劉文珊編譯	130元
⑦③健康長壽飲食法	鐘文訓編譯	150元
⑦④夜生活規則	增田豐著	120元
⑦⑤自製家庭食品	鐘文訓編譯	180元
⑦⑥仙道帝王招財術	廖玉山譯	130元
⑦⑦「氣」的蓄財術	劉名揚譯	130元
⑦⑧佛教健康法入門	劉名揚譯	130元
⑦⑨男女健康醫學	郭汝蘭譯	150元
⑧⓪成功的果樹培育法	張煌編譯	130元
⑧①實用家庭菜園	孔翔儀編譯	130元
⑧②氣與中國飲食法	柯素娥編譯	130元
⑧③世界生活趣譚	林其英著	160元
⑧④胎教二八〇天	鄭淑美譯	元

・命理與預言・電腦編號06

①星座算命術	張文志譯	120元
②九星術（中國正統占卜術）	水雲居士編著	80元
③圖解命運學	陸明編著	100元
④中國秘傳面相術	陳炳崑編著	110元
⑤輪迴法則（生命轉生的秘密）	五島勉著	80元
⑥命名彙典	水雲居士編著	100元
⑦簡明紫微斗術命運學	唐龍編著	130元
⑧住宅風水吉凶判斷法	琪輝編譯	120元
⑨鬼谷算命秘術	鬼谷子著	120元
⑩中國算命占星學	陸明編譯	120元
⑪命運週期律	五島勉著	55元
⑫簡明四柱推命學	李常傳編譯	150元
⑬性占星術	柯順隆編譯	80元
⑭十二支命相學	王家成譯	80元

國立中央圖書館出版品預行編目資料

政治幽默／幽默選集編譯組編譯 --初版
--臺北市：大展，民82
192面； 公分 --（消遣特輯；50）
ISBN 957-557-398-6（平裝）

856.8 82007025

ISBN 957-557-398-6

政治幽默

編譯者／幽默選集編譯組
發行人／蔡 森 明
出版者／大展出版社有限公司
社 址／台北市北投區（石牌）
致遠一路二段12巷1號
電 話／（02）8236031・8236033
傳 眞／（02）8272069
郵政劃撥／0166955－1
登記證／局版臺業字第2171號

法律顧問／劉 鈞 男 律師
承印者／高星企業有限公司
電 話／（02）3012514
排版者／千賓電腦打字有限公司
電 話／（02）8836052
初 版／1993年（民82年）10月
定 價／130元

大展好書 好書大展

大展好書 好書大展